I0682933

www.ingramcontent.com/pod-product-compliance
Lightning Source LLC
Chambersburg PA
CBHW021932170626
46807CB00007B/3073

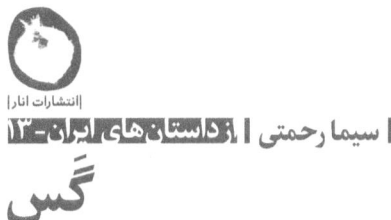

|انتشارات انار|

| سیما رحمتی | از داستان‌های ایران - ۱۳

گَس

کنون، ای سخن‌گوی بیدار مغز
یکی داستانی بیارای، نغز

گَس
از داستان‌های ایران-۱۳
نویسنده: سیما رحمتی
دبیر بخش «از داستان‌های ایران»: بنفشه حجازی
مدیر هنری و طراح گرافیک: عبدالرضا طبیبیان
چاپ اول: تابستان ۱۴۰۱، مونترال، کانادا
شابک: ۵-۳۲-۹۹۰۱۵۷-۱-۹۷۸
مشخصات ظاهری کتاب: ۱۰۴ برگ
قیمت: ۱۰٫۵ £ - ۱۲ € - ۱۶ CAD $ - ۱۲ US $

انتشارات انار
نشانی: 746A, Plymouth Av., Montreal, QC, Canada
کدپستی: H4P 1B1
ایمیل: pomegranatepublication@gmail.com
اینستاگرام: pomegranatepublication

دریدگی چشمان کدامین مرد

نجابت زن سرزمین وجودم را می‌درد؟

وقتی که راهبه‌ای در من به نیایش ایستاده است.

سیما رحمتی

یکم

آب داغ بود. شانه‌هایش سوخت. شیرآب را تا آخر پیچاند. آب داغ‌تر شد. بدنش بیشتر سوخت. می‌خواست بسوزد تا تنبیه شود. اما، آخراین تن چه گناهی داشت؟ مرد گفته بود «پیرزن!». باید رد دستان آن نامرد را از روی تک‌تک اعضای بدنش پاک می‌کرد. مرد خندیده بود «پولم می‌خوای؟ یه چیزی هم باید بدی پیرزن!» و صدای خنده‌هایش شیطان را از خواب بیدارکرد. با نفرت چشمان کف آلودش را باز کرد. کمی‌کف داخل چشمش رفت و سوزاندش. چهره‌اش ازیادآوری‌این خاطرات در هم کشیده شد. زیر لب با نفرت گفت: «مرده‌شور»!

نگاهش در آینه به خودش افتاد. چشمش تا نیمه بیشتر باز نمی‌شد و هر بارکه تلاش می‌کرد بیشتر بازش کند، دردی توی صورتش می‌پیچید. از خودش شرم داشت. عصبانی و ناراحت بود. دستی روی کبودی صورتش کشید و نوازشش

کرد. به بدن لختش که حالا مثل سال‌های قبل شاداب نبود نگاهی انداخت. شاید یک معذرت خواهی بزرگ به جسمش بدهکار بود. بدهی‌ای که سال‌ها روی هم تلنبار شده و بهره روی بهره آمده و حسابش سنگین شده بود. فکر کرد شاید هنوز هم دیر نشده، بوسه‌ای بر شانه‌ی راستش زد و با دو دست محکم شانه‌هایش را بغل گرفت. حوله را روی دوشش انداخت و از حمام بیرون رفت.

گوشه‌ی پرده‌ی اتاق آویزان بود و نور مستقیم توی چشمش می‌زد. لحظه‌ای ابرها جلوی خورشید را می‌گرفتند و دوباره کنار می‌رفتند و مثل چراغ چشمک زن، هشدار می‌دادند. ملافه‌ها به هم ریخته و نامرتب بودند و جای مرد، ردی از خود بر روی ملافه‌ها به جا گذاشته بود. لبه‌ی تخت نشست. قطرات یخ کرده‌ی آب از نوک موهایش سر می‌خوردند در گودی کمرش.

صداهایی از بیرون می‌آمد. کودکی جیغ‌زنان از زیر پنجره رد شد و صدای کودک دیگری که دنبالش می‌کرد. ماشینی ترمز ناگهانی گرفت و بعد فحش یک نفر، شاید راننده. کسی داد می‌زد چاقو تیز می‌کنیم. ماشینی بوق می‌زد. بی‌دلیل یا بادلیل، انگار عجله داشت. دو یا سه زن صحبت‌کنان رد می‌شدند، به نظر می‌رسید از چیزی عصبانی اند. این وسط ها گنجشک‌ها هم بی‌پروا جیک جیک می‌کردند و بی‌خیال ازاینکه آیا صدایشان دراین همه هیاهو شنیده می‌شود یا نه کار خودشان را انجام می‌دادند. زندگی آن بیرون جریان داشت. آب راکدی نبود که بوی گندش عالم را بردارد.

اثر مسکنی که خورده بود کم‌کم داشت از بین می‌رفت و دوباره درد توی سرش می‌پیچید. باید بلند می‌شد یکی دیگر می‌خورد. کیف لوازم آرایشش روی زمین ریخته بود پایش روی رژلبی رفت و صدای شکستنش بلند شد. مدادها، ریمل‌ها، سایه‌های چشم، هر کدام یک گوشه پرت شده بودند. شیشه‌ی لاک جگری‌اش شکسته بود و رنگ‌ها روی قسمتی از میز و سرامیک‌ها ریخته بودند. آینه‌ی قدی اتاق افتاده و شکسته بود. آهسته از کنار خرده‌های آینه رد شد، مراقب بود پایش

زخمی‌نشود. فکرکرد عجب شب بدی بود! چه قدر خسارت! از اول هم دلش راضی نبود جواب‌این یکی را بدهد. دلشوره‌ی عجیبی داشت. از پشت تلفن و حرف زدنش معلوم بود که آدم حسابی نیست. زیرلب گفت «مرتیکه‌ی دیوونه توکه پول نداشتی غلط کردی اومدی.»

فکرکردن به شب‌گذشته فایده‌ای نداشت. به آشپزخانه رفت. قرص دیگری خورد و دقایقی همان جا روی صندلی نشست.

بعد از چند لحظه بلند شد. به اتاق رفت. باید ملافه‌ها را جمع می‌کرد و می‌شست. دلش می‌خواست همه چیز را بشوید. با آب داغ داغ. هر جایی راکه آن نامرد و بقیه پا رویش گذاشته بودند یا دست‌شان به آن خورده بود باید شسته می‌شد. مبل‌ها، پرده‌ها، فرش، حتی تلویزیون و کنترل.

کنار خرده‌های آینه زانو زد و با احتیاط تکه‌ها را داخل کیسه زباله انداخت. تکه‌ای را برداشت. تصویر محو مادر با شکم برآمده رویش بود که دستی به شکمش می‌کشید و به‌کسی می‌گفت «چه بچه‌ی خوش پاقدمی!» خودش را دید که کنار پای مادربازی می‌کند وگمان می‌کرد مادرتوپ زیرلباسش قایم‌کرده. آینه‌ی شکسته را انداخت توی کیسه زباله. صدای شکستن چیزی ازتوی آینه‌های شکسته آمد، خم شد، نگاه‌کرد. مادرتوی صورت رنگ پریده‌اش می‌زد و می‌گفت «خدا مرگم! آینه‌ی بختم شکست، شگون نداره!» پدر دستی به شانه‌اش می‌کشید و دلداریش می‌داد «فدای سرت، دوباره می‌خریم.» اما گریه‌ی مادرقطع نمی‌شد و به بنگاه‌داری که خانه را به چند نفر فروخته بود و در به درشان کرده بود نفرین می‌فرستاد. سینه‌ی آویزان و خشکش در دهان سکینه بود. شیر نداشت. انگار سکینه شیره‌ی جان مادر را می‌مکید و دیگراز توپ زیرلباسش خبری نبود. صدای ناله‌ای آمد. تکه‌ی دیگری از آینه‌های شکسته را برداشت. پدر بود. پشت به او و سکینه و رویش به دیوار، گریه می‌کرد. فکر می‌کرد آن‌ها خوابند و نمی‌بینند. اما مگر دکتر نگفته بود دارد کور می‌شود! چرا گریه می‌کرد؟ شاید دلش برای مادرتنگ شده بود. روزهای

آخر، مادر، خشک و زرد شده بود، درست مثل برگ پاییز زده، پاییزی زود رس، پاییزی در بهار. کسی نمی‌شناختش. سکینه بغلش نمی‌رفت و غریبگی می‌کرد. پدر التماسش می‌کرد که آمپول‌هایش را بزنند. مادر اشک می‌ریخت و می‌گفت «این پولا حق بچه‌هامن، من دیگه خوب نمی‌شم، تو فقط مراقب اونا باش.» تکه‌های آینه را سریع داخل کیسه زباله ریخت و خودش را از گیر خاطرات سمج نجات داد.

به سالن که برگشت اول به سراغ گوشی‌اش رفت. پیامک بانک برایش آمده بود، روز تولدش را فراموش کرده بود چه خوب که بانک به‌یادش آورده بود.

چند ساله می‌شد؟ خودش هم، خودش رایادش نبود. یا آن‌قدر به مشتری‌هایش دروغ گفته بود که باور سن واقعی‌اش سخت بود. حتی برای خودش. همیشه بیست سالگی را دوست داشت و دلش می‌خواست در آن متوقف شود ولی واقعیت چیز دیگری بود؛ به خودش که نمی‌توانست دروغ بگوید. شاید مرد دیشبی درست گفته بود «پیرزن!»

چهل ساله می‌شد و این واقعیت زندگی‌اش بود. راه فراری نبود. در لحظه‌های چهل سالگی گیر افتاده بود. حس کرد چقدر زمان در چهل سالگی کند می‌گذرد. کش می‌آید و جمع می‌شود و آدم را مدام با شدت پرت می‌کند به گوشه و کنار خاطرات و گذشته‌اش. در چهل سالگی تنهاتر از همیشه بود و هیچ چیز یا کسی را نداشت که فقط و فقط مالِ خودش باشد. شاید قبل‌تر هم نداشت ولی این روزها بیشتر حسش می‌کرد. کاش این پیامک لعنتی یادش نمی‌آورد که عمرش چطور هیچ و پوچ گذشته. کسی را می‌خواست برای همیشه، کسی که بتواند برایش درد دل کند، که آن جور که با خودش حرف می‌زند با او نیز حرف بزند، تا حرف‌هایی جز حرف‌هایی که تا به حال زده و شنیده بود؛ بزند و بشنود. حرف‌هایی که بوی تازه‌ای بدهند که تا به حال لمس‌شان نکرده بود. کسی را می‌خواست که لحظه‌ها در کنارش سبک بگذرند. یک تجربه‌ی جدید، نو.

همه‌ی گذشته‌اش از لابه‌لای درزهای در و دیوار خانه برایش شکلک در

می‌آوردند. خانه برایش قفس شده بود و فشارش می‌داد. می‌کوبید و مچاله‌اش می‌کرد. مثل این بود که از خواب بیدار شده بود. کمی در خانه راه رفت، اما فایده‌ای نداشت. دلش هوای بیرون را می‌خواست، باید کمی قدم می‌زد. فکر کرد شاید بد نباشد بعد از مدت‌ها خودش آشپزی کند، تا شاید بوی غذا در خانه بپیچد و خانه را به شکل یک خانه‌ی واقعی دربیاورد و تمام بوی عرق و تن و حتی عطر و ادکلن آن مردان را یک جا در خودش ببلعد و هضم یا قِی کند. باید سعی‌اش را می‌کرد تا خانه را خانه کند.

موهای مرطوبش را با گیره پشت سرش جمع کرد و برای اولین بار بدون اینکه آرایش کند بارانی و شالش را پوشید و از خانه بیرون زد.

درِ آپارتمان که باز شد، زن همسایه را دید که از پله‌ها بالا می‌آید. ستاره می‌دانست زن از او خوشش نمی‌آید، اصلاً تمام زن‌های همسایه از او بدشان می‌آمد این هم مثل بقیه. زن با ستاره چشم در چشم شد ولی نادیده گرفتش و سریع نگاهش را از صورت ستاره گرفت، بی‌اعتنا از کنارش گذشت و کلید را داخل قفل انداخت. ستاره سلام آهسته‌ای کرد اما او نشنیده گرفت. اخم‌هایش را در هم کرد و سریع به داخل آپارتمانش رفت.

بوی خوش غذا در همان یک لحظه باز و بسته شدن در به بیرون ریخت. ستاره چند نفس عمیق کشید، پله‌ها را پایین رفت و فکر کرد حتماً چند ساعت دیگر شوهر و بچه‌های زن از مدرسه و دانشگاه برمی‌گردند و دور هم غذا می‌خورند، خوش به حال‌شان! از این همه تنهایی خودش بیشتر دلش گرفت. به کوچه که پا گذاشت، حس آزادی بیشتری پیدا کرد، انگار از قفس افکارش پرواز کرد. رها شد و در حجم کوچه هضم شد. دست‌هایش را در جیب‌های بارانی‌اش فرو کرد. دستش به گوشی‌اش خورد. درش آورد. نگاهش کرد. هیچ‌کس برایش پیام تبریک نفرستاده بود. اما مگر کسی را داشت که او برایش مهم باشد؟!

چند قدمی که رفت پایش به یک شیء فلزی خورد. چیزی شبیه سرکنده

شده‌ی قوطی نوشابه. با پا به جلو پرتش کرد. با سر و صدا کمی جلوتر از پای ستاره پرت شد. انعکاس نور خورشید روی شیء فلزی او را مثل یک شیء ارزشمند نشان می‌داد. با چند قدم دوباره بهش رسید و دوباره با نوک پا به جلو پرتش کرد.

حس و حال روزهای کودکی‌اش را پیداکرده بود. چه دل خوشی‌های کوچک اما شیرینی داشت! چه آرزوهایی! چه قدر زود خوش‌حال می‌شد! با چه چیزهای کوچکی! دلش برای شب‌هایی که پشت پنجره می‌نشست تا فروغ بیاید، حتی برای آرزوی داشتن کیف و لباس فروغ، برای آن شادی‌های کوچک تنگ شده بود. اما حالا با داشتن پنجاه و چند جفت کفش و بیشتر از سی کیف رنگارنگ مارک‌دار و صدها لباس خوش دوخت خوش‌حال نبود. کودکی‌اش راگم کرده بود. زنِ چهل ساله‌ای بود که در همان چهارده سالگی جا مانده بود. فکرکردن به این چیزها فایده‌ای نداشت. آرامش و خوش‌حالی می‌خواست اما حیف که دیگر هیچ‌چیز نمی‌توانست خوش‌حالش کند. حتی سفر رفتن، که همیشه آرزویش بود حالش را خوب نمی‌کرد. مشتری‌هایش کم شده بودند چون اغلب ناراضی از پیشش می‌رفتند و می‌گفتند مثل سابق دل به کار نمی‌دهد. شاید مشتری دیشبی هم حق داشت که پول نداد! حوصله‌ی هیچ‌کدام‌شان را نداشت. این روزها حس می‌کرد چیزی از روی تنش نشت کرده به زیر پوستش و تمام سلول‌های بدنش بوگرفته اند. بوی کثافت. بوی گند خیانت! همه‌شان بروند به جهنم، مخصوصاً دیشبی! فکرش تهوع‌آور بود. یادش از شب‌های خیلی دور آمد، خیلی دور...

همه خواب بودند، صدای خروپف پدر در اتاق پیچیده بود. سکینه زیر پتوی سنگین کرسی خوابیده بود ولی صدای خس‌خس سینه‌اش نمی‌گذاشت خواب آرامی داشته باشد.

ربابه پشت پنجره‌ی کوچک اتاق‌شان نشسته بود و انتظار فروغ را می‌کشید. هر ازگاهی ملافه‌ی چرکی که به پنجره، جای پرده آویزان کرده بودند راکنار می‌زد و درِ حیاط را نگاه می‌کرد. گاهی پلک‌هایش سنگین می‌شدند و روی هم می‌افتادند

ولی باز سریع باز‌شان می‌کرد. نور چراغِ بهارخواب همسایه توی حیاط افتاده بود و نورکمی را به داخل اتاق می‌انداخت. به ساعت شکسته‌ی روی دیوار نگاه کرد. عقربه‌هایش به خوبی دیده نمی‌شدند ولی به نظرش رسید ساعت باید نزدیک یک باشد.

از صدای به هم خوردن در حیاط پلک‌هایش را از روی هم برداشت. سریع گوشه‌ی ملافه را کنار زد. خودش بود. فروغ بود با کیف قرمزی که سر شانه‌اش تاب می‌خورد. پالتوی عنابی تنش و شال نارنجی روی سرش. به نظرش رسید فروغ کمی تلوتلو می‌خورد. دید که دستش را به دیوار آجری حیاط گرفت و خودش را به در اتاق‌شان رساند. تقه‌ای به شیشه‌ی پنجره زد. مادرش انگار پشت در منتظرش باشد سریع در را برایش بازکرد و فروغ به داخل دخمه‌ی اتاق‌شان رفت. ربابه گوشه‌ی ملافه را انداخت و به ساعت نگاه کرد از دو گذشته بود. چقدر دلش می‌خواست جای فروغ باشد. کیف و کفش قرمز داشته باشد و لباس‌های قشنگ بپوشد. ناخن‌هایش را لاک بزند. لب‌هایش را رژ زرشکی و چشمانش را سایه. از سوزش انگشتانش فهمید که ناخن‌هایش را تا آخر خورده و به پوست و گوشت رسیده، پوسته‌ی انگشتش را تف کرد و بلند شد و رفت سر جایش دراز کشید و تا صبح با رویای لباس‌ها و لب‌های ماتیک زده‌ی فروغ خوابید.

حال سکینه هر روز بدتر می‌شد تا جایی که دیگر نفسش بالا نمی‌آمد و رنگش به کبودی می‌زد و سیاه می‌شد. دو روزی بود که پدر برده بودش بیمارستان، می‌گفت «اتاق‌ها پر بوده مجبور شدن کنار راهرو بستری‌اش کنند.»

و باز می‌گفت «بیمارستان دولتی همین است دیگر، چاره چیست؟ باز خدا را شکر قبولش کردند!».

اما سکینه هیچ وقت از آنجا برنگشت خانه و پدر هیچ وقت دیگر نتوانست به خاطر چشم‌هایش کار درست و حسابی پیدا کند و روزها کارش نشستن کنار مسجد و فروش خنزر پنزر بود. کار هر شب ربابه هم نشستن پشت پنجره و دیدن فروغ با

سر و وضعی آراسته و آرایش‌های پر رنگش بود. از نظر ربابه او بهتر و خوشبخت‌تر از هر کسی بود که تا به حال دیده بود.

دوم

وسط پیاده‌رو ایستاد. شب‌های دور را به حال خودشان رها کرد. باد شدیدی وزید و چند برگ از روی درختی که زیرش ایستاده بود روی سرش ریختند و سپس روی زمین افتادند. به برگ‌های مرده نگاهی انداخت. برای اولین بار جرأت کرد این را از خودش بپرسد که آمدنش به این دنیا برای چه بوده؟ چه چیزی دارد که می‌تواند به آن افتخار کند؟ چه کار مهمی در زندگیش کرده؟ آیا ارزشش از این برگ خشک بیشتر است؟ اگر نمی‌بود دنیا بدون او چه بر سرش می‌آمد؟... تنها جوابی که برای خودش داشت، هیچ بود، هیچ.

درست مثل فروغ که وقتی رفت آب از آب تکان نخورد. اتفاقی هم برای دنیا نیفتاد. هیچ برای هیچ.

فروغ آن جا بود، زیر انبوهی از سیم‌ها و دستگاه‌هایی که به او وصل بودند.

از آن همه زیبایی و عشوه چیزی باقی نمانده بود. پوستی زرد که به سیاهی می‌زد روی اسکلتی که هیچ شباهتی به فروغ سفید و زیبا نداشت، کشیده شده بود. بدنش آفت زده بود. حتی یک تار مو، مژه یا ابرو در صورتش دیده نمی‌شد. ملخ‌ها حمله کرده بودند و گوشت و پوست و استخوانش را به تاراج برده بودند.

دختری که روزگاری پا به هر کجا می‌گذاشت صدای خنده‌هایش تمام خشت‌های خانه را به رقص در می‌آورد و همه را عاشق خودش می‌کرد، حتی قاب عکس‌های قدیمی و از یاد رفته مثل پرنده‌هایی می‌شدند که بال در می‌آوردند و دور اتاق می‌چرخیدند و مردمان درون قاب‌ها دوباره قلب‌شان می‌تپید و عاشق می‌شدند، حتی پیرمردهای فراموش شده‌ی قاب‌ها. حالا هیچ شباهتی به‌این آدمی که مثل جنازه روی تخت افتاده بود، نداشت. سرطان ریشه‌ی تمام آنچه که فروغ را فروغ کرده بود خشکانده بود. مثل دریایی بود که به شوره‌زار تبدیل شده بود. دیدن فروغ چهره‌ی محو مادر را برای ستاره تداعی می‌کرد.

ستاره هر بار که نگاهش می‌کرد تمام غم‌های عالم توی دلش سرازیر می‌شد. کنار فروغ روی صندلی نشسته و دست او را که مثل شاخه‌ی خشکیده بود در دست گرفته بود. چشمش به ناخن‌های بدون لاکش افتاد. هیچ اثری از آن همه زیبایی نمانده بود. انگار کسی چنگ به قلبش می‌زد. نمی‌توانست درد کشیدنش را ببیند. نمی‌توانست تمام شدنش را ببیند. هیچ شدنش را.

فروغ می‌رفت و تمام آرزوهایش را هم با خودش می‌برد.

کسی چه می‌دانست که چه ای‌کاش‌هایی در دل نداشت؟

هر چه بودند دیگر نه توان گفتن‌شان را داشت و نه فرصتش را. تمام پولی را که در این سال‌ها اندوخته بود همه در این مدت خرج شده بودند و فروغ دوباره به زمانی برگشته بود که حسرت لباس نوی شب عید بر دلش مانده بود. اما این دفعه فرق می‌کرد.

حسرتی که به دل نداشت هیچ! تمام زندگی‌اش را هم بیهوده می‌دانست.

این‌ها را قبل از این‌که از زبان بیافتد به ستاره گفته بود. زمانی که فهمید دیگر فرصت زیادی ندارد. به او گفته بود اگر فرصت دوباره‌ای پیدا کند شاید تا آخر عمرش چیزی نخرد و با همین‌هایی که داشت زندگی کند. فقط می‌خواست زنده بماند تا زندگی کند اما این‌بار جور دیگری. دلش می‌خواست از صدای جیک‌جیک گنجشک‌ها که صبح‌های زود بهاری لابه‌لای درختان مست و سَرخوش، دنبال هم می‌کردند؛ لذت ببرد و دانه‌های برف را در زمستان بشمارد. دلش می‌خواست برای خودش زندگی کند نه این‌که خود مایه‌ی لذت دیگران باشد. اما تمام خوشی‌های دنیا برایش تمام شده بودند. دیگر چیزی به نام امید در وجودش نبود، تنها حسرت بود و آه. آرامشی از جنس زندگی می‌خواست، اما هزاران افسوس در دلش قیام کرده بودند که خیلی دیر به آن‌ها رسیده بود. ای کاش زندگی یک بار دیگر به او فرصت می‌داد تا با تمام سختی‌هایش دوستش بدارد، شاید جور دیگری!

صدای دستگاه‌ها و تنفس فروغ که به سختی انجام می‌شد، تنها صداهایی بود که در اتاق می‌پیچید. دستش در دست ستاره لرزید. ستاره متوجه شد که می‌خواهد چیزی به او بگوید. ستاره خودش را کمی به طرف او خم کرد. فروغ چشمان بی‌فروغش را به زحمت باز و ستاره را مهربان و عمیق نگاه کرد. لب‌های خشکش که حالا دو خط باریک شده بودند را به زور از هم باز کرد. دندان‌هایش تمام صورتش را پر کردند ولی نتوانست چیزی بگوید. صدایش در ته گلویش گره خورد و فرو ریخت. ستاره فکر کرد که با چشم‌هایش به او می‌خواهد بفهماند که معنای زندگی را خیلی دیر فهمیده. سرش را تکان داد. چیزی برای گفتن نداشت. صورت فروغ را بوسید. چهره‌ی فروغ با همه‌ی آنچه پشت سر گذاشته بود، معصومیتی خاص داشت که ستاره تا آن روز ندیده بود و دل کندن از این چهره برایش خیلی سخت بود. ستاره نمی‌دانست در آن لحظات چه باید بگوید، چه باید بکند و چگونه با او هم‌دردی کند؟ هرگز آن طور که آن لحظه را درک کرده بود، نفهمیده بود وحشت از

مرگ چه معنایی دارد؟ و این را در چهره‌ی بی‌جان فروغ می‌دید. فروغ توانش را از دست داده بود و دیگر نتوانست پلک‌هایش را باز نگه دارد، نه این‌که حرفی برای گفتن یا کار دیگری با این دنیا نداشته باشد، نه! اما خودش با تمام حرف‌هایی که در دلش و فکرش مانده بودند برای همیشه خاموش شدند.

ستاره اشک‌هایش را بلعید و سعی کرد جلوی ریختن‌شان را بگیرد. دلش برای فروغ، برای خودش، برای مادرکه هیچ‌وقت به خوبی از وجودش گرم نشد و چهره‌اش که یک جایی ته ذهنش محو بود، برای پدری که در این روزهای سخت بیماری تنهایش گذاشته بود و برای هر دختری مثل خودش و فروغ می‌سوخت و به روزهایی که بعد از فروغ تنهاتر از حالا می‌شد فکر کرد.

ستاره تمام اشک‌های خفه شده‌اش را روز تشییع جنازه‌ی فروغ با دست و دل بازی بر روی گونه‌هایش ریخت. بیشتر از این‌که از مرگ فروغ ناراحت باشد از نامردی روزگار قلبش فشرده شده بود.

به جز چند نفری از دوستان فروغ که در میهمانی‌ها با آن‌ها آشنا شده بودند و زرین خاتون که حالا خیلی پیرتر از قبل شده بود اما همچنان گردنش را صاف و سرش را بالا نگه می‌داشت، کس دیگری در مرگ او سهیم نشد.

انگار مرگ فروغ برای کسی مهم نبود. مثل این‌که او وجود خارجی نداشت و فقط نمادی از لذت جسمانی بود. او را فقط برای لحظه‌های خوشی می‌خواستند. تمام مردهایی که روزی در کنارش به آرامشی چند دقیقه‌ای می‌رسیدند، حتی حاضر نشدند دقیقه‌ای در مراسم تشییع جنازه‌اش شرکت کنند.

ستاره از آنچه بر سر فروغ آمده، عصبانی بود و دلش می‌خواست تک‌تک آن مردها را بکشد. به چند نفر از مشتری‌های ثابت فروغ خبر داد که او مرده است. حتی به یکی از مشتری‌هایش که می‌دانست مدت زیادی دلش پیش فروغ گیر کرده تا جایی که حاضر به ازدواج با فروغ شده بود، اما دست آخر گفت «خانواده‌ام عروسی مثل تو را نمی‌پذیرند»، هم خبر داد. مردکه حالا ازدواج کرده بود، یک پسر

هم داشت و هنوز هم‌گاهی مشتری فروغ بود، تسلیتی خشک و خالی به ستاره گفت و با گفتن این‌که «متأسفم، من تهران نیستم.» مهر تایید به همه‌ی نامردی‌های دنیا زد.

به خودش آمد روز تولد چهل سالگی‌اش یاد چه چیزها که افتاده بود! خاطرات فروغ را همان جا ته ذهنش گذاشت.

از کنار خشکشویی محل گذشت. صورتش را به سمت خیابان چرخاند و خودش را جمع‌وجور و قدم‌هایش را تندتر کرد. نمی‌خواست از سوپر محل خرید کند، دوست نداشت چشمش به فروشنده‌ی محل بیفتد. آقا مهدی، صاحب مغازه، با یکی از مشتری‌هایش صحبت‌کنان جلوی در آمدند. ستاره سعی کرد نگاه‌شان نکند و سریع از کنارشان رد شود اما کسی که آقا مهدی داشت باهاش صحبت می‌کرد، شبیه یکی از مشتری‌هایی بود که چند سال پیش داشت. کمی پا سست کرد. برگشت عقب. نگاهش کرد. شاید خودش بود. فکر کرد چرا بعضی از آدم‌ها را حتی اگر فقط یک شب با آنها سر کنی، فراموش نخواهی کرد؟

مرد گفت «هر چی پول بخوای بهت میدم، فقط باید قول بدی تو مدتی که با من هستی با هیچ‌کس دیگه‌ای نباشی.»

ستاره نگاه تحقیرآمیزی به سر تا پای مرد انداخت و گفت «مثلاً حضرت آقا چقدر می‌خوان بدن؟»

«یه چیزی که هم تو راضی باشی هم من.»

«می‌دونی من شبی چقدر کاسبم؟»

«مگه قراره قد کاسبیت بگیری؟ در عوضش کارِت کمتر می‌شه»

«تو به‌این کارا کار نداشته باش.»

«تو که همه‌ی ماه رو کار نمی‌کنی، خیلی کار کنی بیست شبه. پول پونزده شبو می‌دم. قبوله؟»

«واسه یک نفر؟»

«پس نه؟ واسه چند نفر؟!»

«من بیشتر از اینا کاسبم، تازه خیلی حوصله سربرِه.»

«چی؟»

«این‌که فقط با یکی باشی!»

بعد گردنش را چرخاند و از لای مژه‌های بلند ریمل خورده‌اش صورت چهارگوش مرد را نگاه کرد «عادت ندارم! می‌فهمی؟»

مرد دستی به گردنش کشید و کمی خاراندش، برق زنجیر طلایش توی چشم ستاره زد. مرد گفت «شاید یه کم استراحت برات لازم باشه!»

ستاره لب‌هایش را به هم مالید تا عصبانیتش را از مرد خفه کند. لب‌هایش خشک شده بودند. باید دوباره رژ می‌زد. کیفش را باز کرد و از داخل کیف لوازم آرایشش رژ زرشکی پر رنگی بیرون کشید. آفتاب‌گیر ماشین را پایین داد و رژ را محکم روی لب‌هایش مالید.

«حالا چند وقت می‌خوای باهات باشم؟»

«حدود نه ماه»

«نه ماه؟ چرا!؟»

«تا وقتی زنم زایمان کنه.»

نگاهی از سر رقت به مرد انداخت، که با هر بار صحبت کردن سیبک گلویش بالا و پایین می‌رفت. مرد از نگاه ستاره دست‌پاچه شد و چشمانش دور و بر ماشین می‌پلکیدند. ستاره گفت «می‌دونستی خیلی خوش‌حالم؟»

«آره خب! مشتری به این خوبی و خوش تیپی گیرت اومده، از این بهتر چی می‌خوای؟ پولتم که یک جا می‌گیری، بایدم خوش‌حال باشی.»

«نه شازده! پیاده شو با هم بریم! اصلاً تو خوب! ولی خوش‌حالم چون هیچ‌وقت با نامردی مثل تو ازدواج نکردم!»

مرد بلند زد زیر خنده، انگار چیز خنده‌داری شنیده باشد نمی‌توانست جلوی

خنده‌اش را بگیرد، با پشت دست نَمی که ازگوشه‌ی چشمانش بیرون زده بود را پاک کرد و با حالتی که خالی از تمسخر نبود گفت «چه خوش اشتها!»

ستاره بی‌اعتنا به مرد بیرون را تماشا کرد. مرد بعد از این‌که خوب خندید حالت جدی به خودش گرفت و انگار آن دورها ته ذهنش یاد چیزی افتاده باشد گفت «من عاشق زنمم می‌فهمی؟ واسه‌ی خودش و بچه این طوری بهترِه.»

«ولی اون داره بچه‌ی تو رو به دنیا میاره.»

«ببین خوشگله! من نیومدم اینجا نصیحت بشنوم، لطفاً معلم اخلاق نشو، هستی یا نه؟»

«بهت خبر می‌دم.»

مرد کنار خیابان نگه داشت تا ستاره پیاده شود. دستش را به فرمان گرفت و کمی خودش را به طرف ستاره جلو کشید. صدایش را کمی پایین آورد انگار کس دیگری در ماشین باشد و نمی‌خواهد صدایش شنیده شود «فقط یه چیزی... اگه بفهمم زیر قرارداد زدی می‌دم جوری سر به نیستت کنن که تا ابد یه تیکه ناخنتم کسی نتونه پیداکنه، فقط با من باید باشی! شیرفهم شد؟»

«هی عمو! یه کم یواش‌تر، هنوز هیچ قولی بهت ندادم... باید اول فکرامو بکنم، اون وقت منم یه شرطایی دارم.»

دستگیره‌ی در را گرفت اما هنوز در را باز نکرده بود که دوباره ادامه داد: «درسته که ما نرینه نیستیم ولی قول‌مون از شما مردونه تره!»

«تا فردا همین موقع منتظر خبرتم.»

«پول فردا شب جداست.»

«یعنی، پس قبوله؟»

«فردا بهت خبر می‌دم که هستم یا نه؟»

بی‌خداحافظی پیاده شد و در را پشت سرش محکم بست. سرش از حرف‌های مرد داغ شده بود. چه خوب که هوا سرد بود! این طوری می‌توانست کمی از داغی

سرش را به سرمای هوا بسپارد. تا ماشین خودش پنج دقیقه‌ای پیاده روی داشت اما عمداً راهش راکج کرد تا بیشتر طول بکشد. حوصله‌ی خیابان اصلی را نداشت. به خیابانی فرعی رسید. پیچید داخلش. همیشه از این خیابان‌هایی که دو طرفش را درختان سرو یا سپیدار، پر سایه کرده بودند خوشش می‌آمد و دلش نمی‌خواست خیابان تمام شود. به انتهای خیابان نگاهی انداخت. طویل بود و خلوت. دو طرف خیابان درست پشت درختان سپیدار، خانه‌های بزرگ با درهای بزرگ و زیبا که هر کدام شاید گنجایش پانصد نفر مهمان را داشتند، دیده می‌شد و ستاره بعد از بیشتر از سی سال که از عمرش می‌گذشت، می‌دانست خانه‌ها هر چه بزرگ‌تر، آدم‌هایش کمتر و تنهاتر. چند نفر در این خانه‌ها بودند که واقعاً خوشبختی را لمس کرده بودند؟ یا خودشان را خوشبخت می‌دانستند؟ یا هیچ آرزویی در لابه‌لای قلب‌شان جا نمانده بود؟ ستاره این‌ها را با خودش فکر می‌کرد و از جلوی خانه‌ها بی‌حسرت می‌گذشت.

حالش از فکر کردن به آدم‌های این خانه‌ها که خود را پشت نقابی شکننده از خوش‌حالی و رنگ و لعاب قایم کرده بودند؛ به هم می‌خورد. بیشتر مشتری‌هایش از همین دسته بودند. بارها پا به داخل این خانه‌های مجلل گذاشته بود. هزار بار این را از خودش پرسیده بود، چند نفر از این افراد این امکانات را واقعاً برای راحتی خانواده‌شان فراهم کرده بودند؟ چند نفر بویی از وفاداری برده بودند؟ چند نفر واقعاً در آرامش بودند؟ آیا از تعهد چیزی می‌دانستند؟ در این سال‌ها حتی یک مرد ندیده بود که خلافش را ثابت کند. زن‌ها هم گویا این روزها به انتقام مادران و مادر بزرگ‌های‌شان قسم خورده بودند و گاهی خلاف جریان خلقت‌شان شنا می‌کردند. زندگی چه کلاف سر درگمی بود، هرچه بیشتر با آن بازی می‌کردی سر درگمی‌اش بیشتر می‌شد.

به در و دیوار خانه‌ها نگاه کرد. غم از سر و صورت‌شان می‌بارید و مثل بچه‌های یتیمی بودند که پدر و مادرشان رهای‌شان کرده‌اند و آن‌ها را به حال خودگذاشته‌اند و هر کدام به سمت زندگی تازه‌ای برای خودشان رفته‌اند و حالا آن‌ها در وسط

خیابان تنها و سرگردان مانده بودند. چراغ خیلی از خانه‌ها خاموش بود و خانه در تاریکی مطلق به سر می‌برد. خانه‌هایی که فقط زمانی شکوه و جلال‌شان دیده می‌شود که پر از میهمان هستند و اما تنهایی، از آنها کابوسی وحشتناک می‌سازد. از جلوی بعضی‌هایشان که می‌گذشت صدای پارس سگ از حیاط‌شان بلند می‌شد. خانه‌هایی که صاحبان‌شان دل به نگهبانی یک سگ سپرده بودند و خودشان بزرگ‌ترین دزد خانه‌های‌شان بودند! و خبر نداشتند دزد واقعی کیست؟

هر بار که دلش برای خودش می‌سوخت یا دلش بچه و شوهر می‌خواست اتفاقی می‌افتاد که باز آرزویش را بر می‌داشت و در پستو خانه‌ی ذهنش قایم می‌کرد و اگر زیادی سر و صدا راه می‌انداخت دهانش را محکم می‌گرفت و ساکتش می‌کرد، و آن شب یکی از همان شب‌ها بود. مردی که ادعای عشق می‌کرد اما از نیازش نمی‌توانست چشم‌پوشی کند. این را حتی ستاره که از دید مردم یک زن هرجایی بود، هم نمی‌توانست هضم کند پس چطور زنی که حاضر بود سلامتی و زیبایی اندامش به خطر بیفتد برای این‌که مردی که عاشقش هست، شوهرش، تکیه‌گاهش صاحب فرزندی شود، می‌توانست درک کند و اگر بفهمد شوهرش خیانت کرده، باز مثل یک معشوقه، یک کدبانو، مادر نمونه، همسر فداکار رفتار کند؟ گویا دنیا همین کثافتی بود که پیش رویش قرار داشت. آه بلندی کشید. بی‌صدا از جلوی خانه‌های خفه شده در سکوت گذشت. قلوه سنگی را از جلوی پایش محکم با نوک پا زد. سنگ با سر و صدای زیادی به در بزرگ آهنی سیاهی خورد. صدای پارس سگی از خانه بلند شد. ستاره ترسید و کمی از در فاصله گرفت و زیر لب گفت «به جهنم! اینا حقشونه این طوری پولاشونو خرج کنن.» و لبخندی شیطانی بر لب‌های قلوه‌ای و پهنش نقش بست، اما هنوز هم چیزی در لایه‌های قلب و ذهنش آزارش می‌داد. چیزی مثل بوی لجن در سرش پیچید.

زنی از رو به رو می‌آمد که کالسکه‌ی بچه‌ای را هل می‌داد. صورت زن در نور چراغ‌های برق کوچه که پر زور می‌تابیدند، جلوه‌ای خاص گرفته بود. ستاره

قدم‌هایش را آهسته کرد. چهره‌ی دختر جوانی را دید که صورتی گرد و سفید و لب‌های نارنجی داشت و قربان صدقه‌ی بچه‌اش می‌شد. حواسش اصلاً به دور و برش نبود، انگار تمام دنیای او درون همان کالسکه‌ای بود که با انگشتان ظریف و زیبایش هل می‌داد. ستاره زیر چشمی نگاهی به داخل کالسکه انداخت. نوزادی را دید که محکم به پستانک صورتیش مک می‌زد و با چشمان باز و معصومش به زنی که همه‌ی زندگی‌اش بود زل زده بود و دنیا را در وجود او می‌دید. ستاره ایستاد. قلبش تندتر از همیشه می‌تپید. به طرف زن که حالا چند قدمی از او دور شده بود برگشت «خانم! ببخشید خانم!»

دختر جوان سر جایش ایستاد و چشمان عسلی و دهان نارنجی نیمه بازش به ستاره زل زدند. ستاره با حرکات دست و انگشتانش سعی کرد به هیجانی که بهش دست داده بود غلبه کند «ببخشید، می‌شه اجازه بدین نوزادتون رو ببوسم؟»

زنِ جوان بهت زده نگاهش کرد و سعی کرد با لبخندی ملایم حیرت خودش را از سؤال بی‌جای یک رهگذر بپوشاند. ستاره که متوجه بهت زن شد، جور دیگری درخواست کرد «البته فقط دستشو.»

دختر جوان کمی این پا و آن پا کرد، انگار نمی‌توانست این خواسته‌ی کوچک او را رد کند اما نگرانی در عمق نگاهش دیده می‌شد. کمی گردنش را کج و سعی کرد شال لیمویی روی سرش را مرتب کند و کمی به خودش مسلط شود و مثل یک ماده پلنگ دسته‌ی کالسکه‌ی نوزادش را محکم‌تر در دست فشرد و گفت «بله، ایرادی نداره، فقط دستش.»

ستاره که انگار قرار بود دنیایی را کشف کند که تا آن لحظه با آن بیگانه بود قدمی جلوتر گذاشت. خودش را به سمت کالسکه خم کرد. حالا نگاه نوزاد از صورت مادرش به صورت ستاره چرخید و با چشمان درشتش که هم‌رنگ چشم‌های مادرش بود، به ستاره زل زد. با هر بار پلک زدن مژه‌های بلندش تا روی گونه‌هایش می‌خوابیدند و ستاره را با پلک‌هایش به عمق چشمانش می‌کشید و ستاره نگران

بود نکند مژه‌ها در پوست نازک گونه‌هایش فرو روند و آزارش دهند. توجه او به ستاره چنان پاک و آسمانی بود که هیچکس تا آن زمان چنین توجهی به او نکرده بود.

یقه‌ی لباس و سر آستین‌هایش با تور سفیدی تزئین شده بودند و دل ستاره لابه‌لای چین‌های یقه‌اش گیر کرده بود. دست و پایش را مدام تکان می‌داد، پتوی گلی رنگ روی پاهایش کمی کنار رفت. مادرش خم شد و پتو را بالا کشید تا پاهای نوزادش از خنکی هوا در امان بماند. نوزاد به صورت مادر نگاه کرد و لبخندی زد که تمام صورتش را پر کرد و چه لحظه‌ی ناب و شیرینی! ستاره دلش می‌خواست خم شود و گوشه‌ی لب‌های از هم باز شده‌ی نوزاد را ببوسد اما می‌دانست این کار پا گذاشتن به حریمی‌ست که ورودش برایش ممنوع است. پس دست‌های کشیده‌اش را به سمت دست‌های کوچک نوزاد برد. مثل این بود که می‌خواست جسم مقدسی را لمس کند. سرش را نزدیک برد. بوی خوشی که تا آن زمان حس نکرده بود تمام وجودش را پر کرد. نمی‌دانست این چه بویی‌ست که دارد دیوانه‌اش می‌کند. بوی زندگی! بوی بکر انسانیت! بویی که با هیچ بوی دیگری قابل مقایسه نبود. بهتر از بهترین و گران‌قیمت‌ترین عطرهای دنیا.

نوزاد انگشت کوچکش را دور انگشت ستاره قلاب کرد و فشار داد. گویی با هر فشار، قلب ستاره بود که فشرده می‌شد. این اولین کودکی بود که در این سال‌ها لمسش کرده بود. لحظه‌ای بود مقدس، مثل زیارت پرستشگاه.

لب‌هایش را به دست کودک نزدیک کرد. با دستی که در دست نوزاد نبود دستمالی از جیبش در آورد و محکم روی لب‌هایش کشید تا رژلبش را پاک کند. دلش نمی‌خواست دست بی‌گناه و پاک کودک با رنگ و لعاب آلوده شود. دوباره سرش را خم کرد و بوسه‌ای آرام روی انگشتان کوچک نوزاد زد و چندین نفس عمیق کشید. بو را حالا بیشتر از قبل حس می‌کرد، سعی کرد این بو را برای همیشه در ذهنش حک کند و دوباره چند نفس عمیق دیگر کشید و چندین بار دست نوزاد را بوسید. دلش می‌خواست می‌توانست بغلش کند، به خودش بفشاردش و بارها و بارها

زیرگلوی نوزاد را ببوید اما به همین هم راضی بود. دختر جوان که دلهره‌اش بیشتر شده بود، دسته‌های کالسکه را بیشتر فشرد و وانمود کرد می‌خواهد برود.

ستاره کمرش را راست کرد و نگاهی از سر قدردانی به زن جوان که شاید فقط چند سالی از خودش کوچک‌تر بود انداخت. با این‌که نمی‌توانست از نوزاد دل بکند ولی به ناچار انگشتش را از دست بهشتی کودک بیرون کشید وگفت «خیلی ممنون خانم.» دختر جوان که حالا کالسکه را به جلو هل می‌داد باگفتن «خواهش می‌کنم.» از ستاره دور شد. ولی او همان جا ایستاد. از پشت، به رفتن مادر و بچه نگاه کرد و برای دقایقی در بهشتی که برایش ساخته شده بود، ماند. خودش را سبک‌تر احساس کرد، انگار بر روی ابرها راه می‌رفت و تازه از دیدار فرشته‌ای آمده بود. کاش کسی را داشت تا ازحس بکرش برایش بگوید، کسی‌که برایش حرف‌های تازه بزند، حرف‌های بهشتی و پاک. حرف‌هایی که بوی انسانیت بدهند نه بوی غرایز حیوانی.

به آسمان نگاه کرد. سایه‌ای کم‌رنگ از خودش را دید که در نور چراغ‌های برق، بر روی دیوار خانه‌ها قد کشیده بود. آرام و بی‌صدا درکنار سایه‌اش قدم‌زنان به انتهای خیابان رفت.

سوم

حالا اینجا در روز تولد چهل سالگی‌اش، نبودِ یک بچه در زندگی‌اش را با تمام وجود حس می‌کرد و در لایه‌های ذهنش دنبال بوی نوزادی می‌گشت که سال‌ها قبل در مغزش گم شده بود. نفس عمیقی کشید. خیلی‌کم، خیلی دور و محو، ولی هنوز آنجا بود. یک جایی ته مغزش. حس مادری، هر چند کوتاه، ناکام، محال. از این حس خوب لبخند کم‌رنگی روی لبانش نشست.

حواسش نبود کجای مسیر، شیء فلزی را گم کرده اما دیگر چیزی نبود که با نوک پا به آن ضربه بزند. کوچه را پیچید و به خیابان اصلی رسید. همه چیز برایش تازگی داشت، انگار همه چیز را برای اولین‌بار می‌دید. از جلوی چند لباس‌فروشی و کفش‌فروشی گذشت. مغازه‌ای را رد کرد اما ناخودآگاه چشمش به لباس‌های داخل ویترین افتاد. ایستاد و یک قدم به عقب برگشت. لباس صورتی

کوچکی پشت ویترین بود که در چشم‌هایش خانه کرد. شکوفه‌های ریزِ رنگارنگی دامنش را پوشانده بودند و یک پروانه‌ی زرد با خال‌های بنفش روی‌شان نشسته بود. مثل این بود که بهار را با تمام توان در گرمای الیاف خود جا داده بود. حس کرد این شکوفه‌ها و این پروانه را قبلاً یک جایی دیده ، درست با همین رنگ‌ها. از نگاه کردن به لباس خسته نمی‌شد و نمی‌توانست چشم از آن بر دارد. کاش می‌شد لباس را بخرد، اما برای چه کسی؟ کاش کسی را می‌داشت تا لباس را برایش بگیرد. در اندوه افکار خودش بود که افکار او را با خود به سال‌ها قبل بردند.

ساعت از نه شب گذشته بود. حتماً تا حالا آمده بودند. ستاره در دلش از این جدال خوشش می‌آمد. مثل همیشه که با چند نفر قرار می‌گذاشت، بعد یکی را فاتحانه انتخاب می‌کرد، حس غرور پیدا کرده بود. مدتی بود که با این بازی جدید سرگرم بود.

ماشین خودش را یک کوچه پایین‌تر، قبل از چهارراه، کنار یک بوستان پارک کرد و پیاده به سمت قرار رفت. به تقاطع رسید. هر چهار طرفش را خوب نگاه کرد. ماشین مشکی سر جایش بود. از دور داخلش را نگاه کرد. شیشه‌ها دودی بودند و داخلش خوب دیده نمی‌شد.

در طرف دیگر تقاطع یک ماشین خاکستری پارک بود که دو نفر داخلش بودند اما در طرف دیگر هم یک ماشین خاکستری دیگر دیده می‌شد. لحظه‌ای گیج شد. کدام یکی از ماشین‌های خاکستری مشتری‌اش بودند؟ مکث کرد و جلو نرفت. سعی کرد تا مشخصات صاحب ماشین خاکستری که گفته بود را به یاد بیاورد. خوب که دقت کرد دید همان ماشینی است که دو نفر داخلش نشسته اند. راننده پسر جوانی بود. حدود بیست و پنج ساله با قد متوسط و کمی تُپل و همان‌طور که گفته بود لباس لیمویی تنش بود. زیر لب گفت «اصلاً حال و حوصله‌ی دو نفرو ندارم.»

به ماشین مشکی نگاهی انداخت اما داخلش را باز هم نتوانست ببیند. با خودش گفت جهنم و ضرر و خدا خدا کرد طرف بابا بزرگ با یک مشت دندان

مصنوعی و بوی تند عرق و سیر نباشد. زیر چشمی دوباره ماشین خاکستری را از زیر نگاه گذراند. هر دو نفر مشغول حرف زدن بودند و حواس‌شان به دور و بر نبود. خودش را پشت درخت‌ها قایم کرد و خیلی آهسته از سمت دیگر چهار راه به طرف ماشین مشکی رفت. از این‌که از شر دو پسر جوان نجات پیدا کرده بود، خوش‌حال شد از طرفی هم نگران بود و نمی‌دانست چه کسی در ماشین مشکی در انتظارش است؟ به ماشین رسید. درِ سمت شاگرد را باز و سرش را خم کرد. پرسید «آقای نژادی؟»

مرد اتوکشیده و نسبتاً جوانی با موبایلش مشغول صحبت کردن بود. متوجه ستاره شد و با دستپاچگی سرش را به علامت مثبت تکان داد و صحبتش را با کسی که پشت خط بود تمام کرد. ستاره منتظر حرفی از طرف مرد نشد و سوار شد. ماشین خاکستری هنوز سر جایش ایستاده بود که او سوار بر ماشین مشکی از کنارشان عبور کرد. لحظاتی در سکوت بین‌شان گذشت. ستاره انتظار داشت مرد شروع به تعریف کردن از او کند، مثل قبلی‌ها. اما مرد مثل یک راننده تاکسی که غرق در مشکلات خودش است در سکوت رانندگی می‌کرد. یک لحظه خیال کرد شاید اشتباه سوار شده یا شاید مرد حواسش نیست و یادش رفته او را برای چه کاری سوار کرده؟ کمی معذب شد ولی نمی‌دانست چه باید بگوید یا اصلاً از کجا باید شروع کند؟ مثلاً بگوید چه عطر خوش بویی زده‌اید یا چه کت و شلوار خوش دوخت وگران قیمتی به تن دارید! یا مثلاً بگوید سر راه یک جایی بایستد تا ستاره جوراب شیشه‌ای مشکی بخرد چون کاملاً فراموش کرده از خانه با خود بیاورد؟ بعد از کمی جدال با خودش، گوشی را از کیفش در آورد، داشت زنگ می‌خورد. نوشته بود ماشین خاکستری، جواب نداد. گوشی را قطع کرد و پیام فرستاد «امشب برام یه مشکلی پیش اومده نمی‌تونم بیام سر قرار.»

بلافاصله جواب پیامش آمد «تو باید حساب کتاب مریضی ماهانتو داشته باشی!»

از دیدن این پیام کفری شد ولی خونسردی خودش را حفظ کرد نوشت «مشکل چیز دیگه‌ای بود، حالااگه بخوای برای یه شب دیگه اکی می‌کنیم.»

«مثلاً کی؟»

«این هفته فقط چهارشنبه وقت دارم.»

منتظر ماند ولی جوابی نیامد، گوشی را قطع کرد و انداخت داخل کیفش.

بالاخره مرد عصا قورت داده قفل گلویش را شکست و پرسید «شام خوردی؟» پرسش مرد برای شروع آشنایی و مکالمه کمی شوکه‌کننده بود. ستاره به‌گفتن «نه.» اکتفاکرد. ساعت ماشین نه و بیست دقیقه را نشان می‌داد.

مرد دوباره گفت «پس بهتره یه چیزی بگیریم، با خودمون ببریم.»

برای ستاره فرقی نمی‌کرد. از این مشتری‌ها هم زیاد به تورش خورده بود که از ظاهر شدن در جاهای عمومی و رستوران‌ها می‌ترسیدند. پس گفت «برای من فرقی نداره، فقط یه چیزی ... ما تنهاییم؟»

مردکه به نظر می‌رسید زیاد هم منتظر جوابی از طرف ستاره نبود در حالی که گوشی‌اش را بر می‌داشت و شماره‌ی جایی را می‌گرفت، رو به ستاره گفت «زندگی آدم باید سکرت بمونه، حالا چی می‌خوری؟»

ستاره چیزی نگفت و فقط مرد را نگاه کرد تا شاید متوجه حرکات عجیب و غریب خودش شود اما مرد بی‌اعتنا به نگاه‌های بهت زده‌ی ستاره گوشی را به دهانش نزدیک کرد و گفت «دو تا جوجه با استخون و دو تا هم پاچین، تا بیست دقیقه‌ی دیگه اونجام.»

گوشی را که قطع کرد بی‌اعتنا دوباره به رانندگی‌اش ادامه داد، انگار اصلاً کسی کنار دستش ننشسته. ستاره کلافه و عصبی شده بود. این آشنایی کسالت‌آور که سابقه‌اش را نداشت برایش عذاب‌آور بود. تصمیم گرفت چیزی بگوید تا شاید یخ مرد باز شود «خب یه کم از خودت بگو آقای نژادی، راستی اسم کوچیکت چیه؟»

مرد خیلی سرد و خشک جواب داد «برای یک شب که آدم زیاد از خودش حرف

نمی‌زنه، همون نژادی خوبه.»

ستاره انتظار شنیدن چنین جوابی را نداشت، کمی جا خورد و سگرمه‌هایش در هم رفت. به یاد نداشت کسی تا به حال با او چنین رفتاری کرده باشد کمی دست‌پاچه و خجالت زده شد و از لحن صحبت مرد، عصبانی. ولی به خودش گوش زد کرد که کارش چیست و برای چه کاری آنجاست و فکر کرد یک شب که هزار شب نمی‌شود و در جواب مرد چیزی نگفت. سرش را به سمت پنجره چرخاند و خودش را به تماشای خیابان‌ها مشغول کرد.

کمی که رفتند تازه بینی‌اش به کار افتاد، بوی آشنایی به مشامش خورد، بوی همان عطری بود که چند ماه قبل یکی از مشتری‌های دائمش برایش خریده بود. مطمئن شد حتماً قبل از او زنی در این ماشین سوار بوده که عطری مثل او داشته. به یاد مشتری‌اش افتاد. چقدر دلش برایش تنگ شده بود. حتماً حالا در سواحل استرالیا داشت خوش می‌گذراند. کاش می‌بود و می‌دید این مردک کوتاه کچل اتوکشیده‌ی از دماغ فیل افتاده چطور باهاش رفتار می‌کند. مشتری‌اش هر چه بود ولی خیلی احترامش را داشت و همیشه مثل یک زن با شخصیت با او رفتار می‌کرد. از ستاره قول گرفته بود که فقط با او باشد و او هم فقط با او بود، با این که گاهی حوصله‌اش سر می‌رفت و دلش می‌خواست خیلی از مردهای دیگر را هم تسخیر کند ولی قول داده بود و سر قولش مانده بود. کم‌کم احساسی داشت در ستاره به وجود می‌آمد. مرد مجردی که هم پول داشت، هم خوش‌تیپ بود و از ستاره خواسته بود فقط با او باشد. ستاره گاهی به رویاهای محالش می‌اندیشید اما حاضر نبود احترامی که در آن موقعیت پیش مرد داشت را از دست بدهد و حتی اگر او پیشنهاد ازدواج به ستاره می‌داد باز هم قبول نمی‌کرد، چرا که فقط یک بار کافی بود که در دعوای زناشویی گذشته‌اش را به رخش بکشد. ستاره فقط با او بود و هیچ‌گاه عشقش را بروز نداد تا وقتی که خودش همه چیز را زیر پا گذاشت و ستاره یک شب مچش را با یکی دیگر مثل خودش گرفت و پسر خیلی راحت او را

ول کرد و رفت. ستاره زیاد اذیت نشد، چون هیچ‌وقت به خودش وعده وعیدهای غیر منطقی نداده بود، فقط سرِ قول و قرارش بود. بعد از آن هم زیاد طول نکشید که پسر برای همیشه از ایران رفت. پسر سالمی بود ولی فقط می‌شد چند ساعتی تحملش کرد، خیلی مغرور و بی‌احساس، یعنی تا قبل از این‌که این مرد را ببیند این‌طور فکر می‌کرد ولی این یکی را حتی چند ساعت هم نمی‌شد تحمل کرد!

دست‌های مرد روی فرمان ماشین بودند. نگاه ستاره روی بند طلایی ساعت مرد ماند. فکر کرد حتماً هدیه‌ی روز مرد یا تولد یکی از دوست دخترها یا معشوقه‌های عصا قورت داده‌ای مثل خودش است. از این که شبش خراب شده بود، لجش گرفت. فکر کرد کاش امشب را هم با یکی از همان‌ها می‌گذراند و او را به حال خودش می‌گذاشت. حتماً پیش آن دو تا بیشتر بهش خوش می‌گذشت.

چند خیابان و چهارراه و چراغ قرمز را رد کردند. جلوی یک رستوران ایستادند. مرد پیاده شد. برگشت و گوشی و سوئیچش را برداشت. ستاره ناراحت نشد، اولین باری نبود که این جور رفتارها را می‌دید، معمولاً مشتری‌های تازه‌اش همین کار را می‌کردند. اعتماد به زنی مثل او غیر ممکن بود.

مرد کمی دیر کرد. ستاره حوصله‌اش سر رفته بود و از سر کنجکاوی داشبورت را باز کرد. چند برگه کاغذ و یک جعبه دستمال کاغذی درونش بود. داشبورت را بست. برگشت و دور و بر ماشین را نگاه کرد. ماشین به هم ریخته بود. چند تکه دستمال مچاله کف ماشین و یک کت و بارانی مردانه روی صندلی عقب افتاده بود. یک لیوان یک بار مصرف مچاله شده هم کنار یک ظرف در دار فلزی بود. در تاریکی به نظرش رسید چیزی شبیه یک لنگه کفش کوچک روی صندلی عقب افتاده که قسمتی از آن زیر کت مردانه بود. دستش را عقب برد و کفش را برداشت. یک کفش کوچک سفید با شکوفه‌های ریز صورتی بود که یک پروانه رویش نشسته بود، یک پروانه‌ی زرد که چند دایره‌ی بنفش پشتش داشت. کمی کفش را در دستش چرخاند و پشت و رویش را نگاه کرد. دلش برای آن پایی که مال

آن کفش بود ضعف کرد. کاش می‌شد پاها را توی دستش بگیرد و ببوسد، افکارش با پاهای کوچک و تُپلِ خیالی دست و پنجه نرم می‌کردند که مرد را دید غذا در دست به سمت ماشین می‌آید. کفش را پرت کرد سر جایش و رویش را برگرداند و به جلو خیره شد. اما این بار کفش کاملاً روی کت مردانه افتاد.

مرد نشست و ظرف غذا را بی‌آنکه حرفی بزند روی پای ستاره گذاشت. ماشین را روشن و حرکت کرد. کمی که رفتند مرد دست در کتش کرد و دسته‌ای اسکناس روی پای ستاره گذاشت. ستاره خواست بگوید که معمولاً پول را به صورت کارت به کارت می‌گیرد اما چهره‌ی جدی مرد او را از گفتن هر کلامی باز داشت. پول‌ها را شمرد. جایی برای چانه زدن نبود. همانی بود که قرار گذاشته بودند. پول‌ها را داخل کیفش گذاشت و پرسید «هنوز خیلی مونده تا برسیم؟»

«می‌ریم ویلای من»

«فقط... خیلی دور نباشه که مجبور بشیم چند ساعت تو راه باشیم.» ستاره این را گفت چون دلش نمی‌خواست زیاد از شهر دور شوند، کمی ترس برش داشته بود. بارها به ویلاهای خیلی دور حتی با چند مرد رفته بود اما این بار قضیه کمی پیچیده بود و اصلاً با این مرد احساس خوبی نداشت.

مرد به ساعت ماشین نگاه کرد «حداکثر تا نیم ساعت دیگه می‌رسیم.» و سرعتش را زیاد کرد. بعد از کمی گذشتن از جاده‌ی صاف به جایی رسیدند که راه مارپیچ می‌شد و بالا می‌رفت. کف دست‌های ستاره عرق کرده بود. مرد طوری رانندگی می‌کرد که ستاره چند بار خواست خواهش کند آهسته‌تر براند اما انگار او حتی چشم بسته هم این راه را می‌توانست برود.

بالاخره به ویلا رسیدند. هر چه نزدیک‌تر می‌شدند صدای پارس کردن سگ‌ها واضح‌تر شنیده می‌شد. مرد در بزرگ و سیاه ویلا را با کنترل باز کرد و ماشین را داخل برد. صدای سنگ‌های درشت زیر لاستیک چرخ‌های ماشین می‌آمد و ماشین تکان‌های آرامی می‌خورد. همه جا تاریک بود و فقط شبح درختان دیده می‌شد.

ماشین در نزدیکی استخر بزرگی پارک شد. مرد گفت «پیاده نشو تا ببندمشون.»

مرد پیاده شد و در تاریکی گم شد. فقط صدای قلوه سنگ هایی که روی شان راه می‌رفت می‌آمد که هر لحظه دورتر می‌شد. قلب ستاره بود که داشت همراه آن صداها کنده می‌شد. چراغ های محوطه‌ی باغ روشن شدند و ستاره باغ زیبایی که نظیرش را کم دیده بود؛ پیش رویش دید. با دیدن آن همه زیبایی کمی از دلهره‌اش کم شد. نفس عمیقی کشید. مرد از پشت ساختمان بیرون آمد و در حالی‌که دو سگ را با قلاده دنبال خودش می‌کشید. به طرف درِورودی رفت و پای یک درخت بست‌شان. بعد به سمت ماشین رفت «بستمشون، حالا می‌تونی پیاده‌شی.»

ستاره حس عجیبی به مرد پیداکرده بود. به نظرش آدم قابل احترام اما پیچیده و عجیبی بود. کاش می‌توانست با او کمی صحبت کند. کمی صمیمی شود تا بتواند کارش را به خوبی شب های قبل انجام دهد. در حالی‌که به این چیزها فکر می‌کرد دنبال مرد راه افتاد. مرد جلوتر رفت و با کلید در ورودی را بازکرد، دستش را روی کلید برق گذاشت و چراغ ها روشن شدند. داخل ویلا هم مثل بیرونش زیبا بود اما به نظر می‌رسید هاله‌ای ازگرد و خاک همه جا را پوشانده است. کف ویلا با پارکت قهوه‌ای روشن پوشیده شده بود، یک دست مبل راحتی چرم کرم رنگ سمت راست چیده شده بود و یک نیم‌سِت به صورت نیم دایره جلوی تلویزیون، سمت چپ نزدیک آشپزخانه یک میز ناهارخوری بزرگ دیده می‌شد و ازکنار دیوار پله های گردی به سمت بالا می‌رفتند. گوی های شیشه‌ای از سقف آویزان بودند که نور را چند برابر منعکس می‌کردند. اما روی گوی ها هم خاک نشسته بود انگار سال‌ها بود کسی پا به آنجا نگذاشته بود یا حوصله‌ی تمیزکاری نداشت.

مرد کتش را درآورد و روی دسته‌ی یکی از صندلی ها آویزان کرد. به ستاره گفت «راحت باش.» و خودش به آشپزخانه رفت. ستاره همان‌طور وسط سالن ایستاده بود. به سمت میز ناهارخوری بزرگ رفت. مانتو و شالش را روی دسته‌ی یکی از صندلی ها انداخت. صدای مرد از آشپزخانه بلند شد «جا لباسی جلوی در هست،

در ضمن شام سرد می‌شه.»

ستاره بی‌اعتنا به حرف مرد مانتو و شالش را همان‌جا به حال خودشان رها کرد و به سمت آشپزخانه رفت. درِ ورودی آشپزخانه زیر پله‌ها بود و قسمت بازش رو به تلویزیون و نشیمن بود. تمام کابینت‌ها از بهترین چوب ساخته شده بودند. داخل آشپزخانه یک میزگرد با چهار صندلی بود. غذاها روی میز گذاشته شده بودند. مرد پشت میز نشسته و مشغول خوردن بود. ستاره صندلی را عقب کشید تا بنشیند. پایش به چیزی خورد. یک عروسک کوچک با لباسی با گل‌های ریز بود که کنار پایه‌ی صندلی افتاده بود. خم شد و آن را بر داشت. کمی در دستش چرخاندش و نگاهش کرد. لبخند شیرینی روی صورت عروسک نقش بسته بود. فارغ از تمام مشکلات روزگار، دخترانگی‌اش را زندگی می‌کرد. نگاه مرد هم روی عروسک ماند، قبل از این‌که لقمه‌ی دیگری در دهانش بگذارد گفت «مالِ دخترمه، دو سالِشه.»

ستاره فقط لبخندی زد و عروسک را روی صندلی کنار دست خودش نشاند و عروسک شد نفر سوم.

گرسنه نبود. غذا از گلویش پایین نمی‌رفت. مرد هم در سکوت غذایش را می‌خورد. ستاره مانده بود چه بگوید یا از کجا شروع کند ولی انگار عروسک با آن لبخند جادویی‌اش به او دلگرمی می‌داد که تنها نیست. نگاهش که می‌کرد حس خوبی درونش می‌جوشید. فکر کرد شاید بد نباشد یک عروسک برای خودش بخرد. اصلاً مگر چه عیبی دارد یک زن بزرگ هم عروسک داشته باشد؟ چطور بود اسمش را می‌گذاشت ستاره؟!

شام در سکوت تمام شد. مرد بلند شد و به طرف سالن رفت و گفت «حمام بالاست، حوله و همه چیز هم هست اگه نیازی به دوش گرفتن داری راحت باش.»

«تازه دوش گرفتم.»

«من چند تا تلفن دارم باید بزنم، تو برو بالا تو اتاق سمت چپ.»

هر چه می‌گذشت، بیشتر از رفتار مرد تعجب می‌کرد. اولین بار بود کسی این

طور با تحکم با او صحبت می‌کرد و دستور می‌داد و ستاره هم بی‌چون و چرا قبول می‌کرد. معمولاً این او بود که با بقیه این طوری حرف می‌زد و دستور می‌داد و مشخص می‌کردکی، کجا بنشیند، کی بیاید، کی برود. از خودش تعجب کرد، چقدر گوش به فرمان شده بود!

عروسک هنوز همان جا سر جایش به همان حال نشسته و با چشمان تیله‌ایش به روبه‌رو خیره مانده و لبخند بر روی لب‌های سرخش ماسیده بود. ستاره لبخندی به صورت مهتابی عروسک زد و دستی به موهای طلایی آشفته‌اش کشید. انگار می‌خواست به او اطمینان دهدکه با خیال راحت کودکی کند. بلند شد و پله‌های نیم دایره را بالا رفت. نیازی به روشن کردن چراغ نبود. نور به اندازه‌ی کافی از پایین به بالا می‌رسید. سمت راست دو در، روبه‌رو یک در بزرگ و یک درکوچک‌تر و سمت چپ یک در دیگر بود. درِ سمت چپی را بازکرد و رفت داخل.

از خواب که بیدار شد، خواست تمام پول مرد را پس دهد و بعد از ویلا بزند بیرون اما نمی‌دانست چطور باید خودش را به شهر برساند؟ از طرفی هم بهانه‌ای برای این کار نداشت. ولی هر چه بود دوست داشت زودتر فرار کند. نگاهی به صورت مردکه خواب بود انداخت. از آن همه ابهت و جدیت شب گذشته هیچ اثری در صورتش نبود. باورش برایش سخت بود که مرد دیشب چطور برای ساعاتی مثل یک پسر بچه‌ی ده ساله شده و حالا این قدر آرام و کودکانه خوابیده بود.

گفته بود فقط نوازشم کن و خودش را مثل یک بچه در اختیار دستان ستاره قرار داده بود. اولش تعجب کرده بود، خیال کرده بود حتماً دستش انداخته یا شاید مشکل روحی یا جنسی دارد یا شاید نوازش خاصی می‌خواهد. ولی بعد همان کاری را کرد که از او خواسته شده بود. یادش بود که کارش همین است. رضایت مشتری و کاری را که او می‌خواهد، باید برایش انجام دهد و پولش را بگیرد. درست مثل مادری که فرزندش را نوازش می‌کند، نوازشش کرده بود. مرد

نخواسته بود رابطه داشته باشند. گفته بود عشق، تن را خرج خودش می‌کند و تا عشق نباشد تنی نباید خرج شود. ستاره تا آن شب حرف‌هایی از این جنس نشنیده بود و از چیزهایی که مرد گفته بود سر در نیاورد. هنوز به‌این فکر می‌کرد که شاید مرد مشکل روحی داشته باشد.

تقریباً تمام شب را بیدار بود. نزدیک صبح خوابش برد.

به دستشویی رفت، دنبال صابون گشت تا صورتش را بشوید، اما چیزی پیدا نکرد. ناچار با آب خالی دست و صورتش را شست. سیاهی ریمل و خط چشم اطراف چشمش را پرکردند. هر چه با دست کشید فایده‌ای نداشت. دستمال کاغذی برداشت و محکم زیر چشم‌هایش کشید. کمی بهتر شد اما پوست دور و برش کمی قرمز شد و سوخت. به اتاق برگشت و با دستمال مرطوب سیاهی اطراف چشم‌هایش را پاک کرد. آرایش مختصری کرد و وسایلش را داخل کیفش ریخت. هنوز بیرون نیامده بود که صدای مرد از بیرون بلند شد «آماده‌ای؟»

کی بیدار شده بود که ستاره نفهمیده بود؟ جواب داد «بهتره منو زودتر برسونی.»

«پایین منتظرتم»

لبخندی از توی آینه به خودش زد. مرد دوباره به خودش برگشته بود و همان مرد دیشبی شده بود. به اتاق که برگشت، مرد نبود. کیفش را روی شانه‌اش انداخت و پله‌ها را پایین رفت. مرد را دید که جلوی یک پنجره‌ی باز ایستاده بود و داشت سیگار می‌کشید و منظره‌ی باغ را تماشا می‌کرد. پرده کنار بود و نور با تمام شدت به داخل می‌تابید. باغ زیبایی بود، از شب قبل زیباتر دیده می‌شد. کمی از بی‌تابی چند دقیقه قبلش برای رفتن، کم شده بود و حالا دلش می‌خواست بماند و در باغ قدم بزند. استخر از سه طرف با باغچه‌هایی پر از گل‌های شمعدانی تزئین شده بودند. از سر درِ آلاچیق هم گلدان‌های گل آویزان بودند. فکر کرد که این باغ برای گرفتن مهمانی چقدر خوب است و اگر مال او بود هر شب مهمانی می‌گرفت ولی حالا این جا در این انزوا و تنهایی دارد می‌پوسد و زیباییش رو به

زوال می‌رود و هیچ‌کس آن طورکه شایسته‌اش هست از آن استفاده نمی‌کند. از دیدن باغ دل کند و به سمت مانتو و شالش رفت و پوشیدشان «من آماده‌ام.»

مرد ته سیگارش را از پنجره داخل باغچه‌ای پر ازگل‌های سفید پرت کرد و پنجره را بست «من صبحانمو تو دفترم می‌خورم تو چیزی می‌خوری؟» ستاره سرش را به علامت منفی تکان داد. هر دو از در خارج شدند و به سمت ماشین رفتند. مردکه وسواس و ترس ستاره را برای قدم گذاشتن به باغ دیدگفت «نگران نباش، از دیشب هنوز بسته‌ان، تو بشین تو ماشین تا بازشون کنم.»

ستاره نشست و مرد به طرف درختی که سگ‌ها را شب قبل بسته بود رفت و استخوان‌های غذای شب گذشته را برایشان ریخت.

جاده قشنگ‌تر از شب قبل بود و در نور روز زیباییش را به تصویر می‌کشید اما باز همان سکوت شب قبل برقرار شد. ستاره آفتاب‌گیر ماشین را پایین داد و خودش را در آینه نگاه کرد. از آینه چشمش به لنگ کفش دیشبی افتاد. هنوز هم پروانه، آرام روی شکوفه‌ها نشسته بود و خیال پریدن نداشت. مرد گفت «واسه دخترمِه.»

ستاره زیر چشمی نگاهی به مرد انداخت. از کجا متوجه شده بود دارد به کفش نگاه می‌کند؟

«دخترم مریضه، مادرزادیه، از وقتی به دنیا اومده مادرش هر شب پیش اون می‌خوابه.»

ستاره خیلی دلش می‌خواست بیشتر بداند و بپرسد چه مریضی‌ای دارد؟ اما به گفتن «متأسفم.» اکتفاکرد.

«من و همسرم تا قبل از این‌که بچه‌دار بشیم خیلی خوش‌حال و خوشبخت بودیم، هیچی تو زندگی‌مون کم نداشتیم، هر دومون برای هم کافی بودیم، عاشق هم بودیم، ولی سن‌مون داشت بالا می‌رفت و فکر کردیم اگه یه نفر دیگه رو تو خوش‌حالی‌مون شریک کنیم بهتر می‌شه. اما حالا هر دومون افسرده شدیم،

هیچ‌وقت هیچ کدوم‌مون اون یکی رو مقصر نمی‌دونه اما فکر می‌کنم دیگه عاشقم نیست، حتی دیگه نمی‌خنده.»

ستاره نگاهش روی لنگه کفش یخ بسته بود. حس کرد پروانه می‌خواهد پرواز کند ولی پاهایش بسته شده اند و اسیر شکوفه‌ها شده است، نه دلش می‌آید شکوفه‌ها را ترک کند نه توان ماندن دارد. دلش نمی‌خواست یک لحظه جای آن زن می‌بود ولی هنوز هم آن پاهای کوچک را دوست داشت.

چهارم

از آن سال‌ها پرت شد بیرون، به خودش آمد، دید داخل ویترین مغازه تصویر محوی از خودش را می‌بیند. تصویر زنی که گویی سال‌ها ندیده بودش. دستی به صورت بی‌آرایشش کشید. دو چین ملایم کنار لب‌هایش را زیر پوست انگشتان دستش حس کرد. ریشه‌ی موهایش از زیر رنگ بلوند درآمده بود و رگه‌های سفید در لابه‌لای موهای سر خود نمایی می‌کردند. هر چه فکر کرد نفهمید چند وقت است که خودش را این‌قدر دقیق در آینه نگاه نکرده. ترس به جانش ریخت. اگر دیگر زیبا نباشد؟ اگر دیگر جوان و شاداب نباشد؟ چه بر سرش می‌آمد؟ یعنی پایان راه همین بود؟ تنهایی! انگار کسی کنار گوشش گفت «پیر زن!»

خودش را در مغازه پیدا کرد. کی آمده بود داخل، نمی‌دانست. کی با فروشنده صحبت کرده بود؟ یادش نمی‌آمد. فروشنده داشت لباس صورتی را برایش بسته

بندی می‌کرد. پول لباس را حساب کرد و پاکت را مثل یک جسم مقدس از دست فروشنده گرفت و بیرون رفت. دستش را داخل پاکت برد و جنس لطیف لباس را زیر انگشتانش لمس کرد. الیاف لباس با صدای قلبش سمفونی زیبایی می‌نواختند. قلبش پرکشید. پس هنوز هم چیزهایی بودند که خوش‌حالش کنند، این خیلی بهتر از چیزی بود که انتظارش را داشت. دستی به شکمش که به تازگی چاق‌تر از قبل شده بود، کشید. جای خالی او، که سال‌ها قبل از دستش داده بود؛ دلتنگش کرد. مهمان ناخوانده‌اش خیلی کوتاه آمد و رفت اما...

از در و دیوار مطب که نه، همان دخمه‌ای که اسمش مطب بود بوی تند الکل می‌ریخت. دو تخت، یکی گوشه‌ی سمت راست و دیگری چسبیده به دیوار روبه‌رو دیده می‌شدند که روی‌شان ملافه‌های سبز که گوشه و کنارشان خون خشکیده به چشم می‌خورد، کشیده شده بود. ستاره با دیدن خون‌های خشکیده دلش آشوب شد. انگار کسی به دلش چنگ انداخت. رویش را برگرداند تا خون‌ها را نبیند. چشمش به میز کوچک دو طبقه‌ای که رویش انواع چاقو، تیغ و باند، چسب و یک لگن بزرگ که زیرش میز بود افتاد. این بار دلشوره جای خودش را به حالت تهوع و ترس داد. کمی خودش را در صندلی‌ای که نشسته بود جا به جا کرد و با هر دو دست محکم شکمش را فشار داد.

فکر این‌که تا چند ساعت دیگر از شرش خلاص می‌شد، خوش‌حالش کرد. اما از طرفی هم حسی درونش بود که ناراحتش می‌کرد. حس می‌کرد هر چه هست مادر است و باید با تمام وجود از فرزندش محافظت کند نه این‌که خودش او را به کشتن بدهد، اما می‌دانست که این کار شدنی نیست. پس سعی کرد نه تنها به آن فکر نکند حتی فراموش کند که چقدر عاشق بچه‌هاست و قانون مادر بودن را دارد به هم می‌زند و فکر نکند که همیشه آرزو داشته شوهر و بچه داشته باشد.

دستی به بینی‌اش کشید. با این‌که هنوز زمان زیادی نگذشته بود اما حسابی ورم کرده بود، فکر کرد چقدر باید زشت شده باشد و اگر نندازدش تا چند وقت

دیگر چقدر از قیافه در می‌آید و حتماً دیگر هیچ مشتری‌ای نخواهد داشت. تازه از این گذشته با کدام پول می‌خواست بزرگش کند؟ چهره‌ی کودکش را در ذهنش مجسم کرد. یعنی اگر پسر می‌شد چه شکلی می‌شد؟ اگر دختر بود چی؟ شاید موهایش مثل سکینه لَخت می‌شدند، ستاره برایش چتری می‌کرد و هر بار چتر موهایش را کنار می‌داد و پیشانی‌اش را می‌بوسید و یاد سکینه برایش زنده می‌شد، اما برای این فکرها دیر بود. اگر شبیه پدرش می‌شد چه شکلی بود؟ اما کدام پدر؟ اصلاً پدرش که بود؟ چشمش به پنجره افتاد که با پرده‌ی کتان چرک مردی که روزی رنگ صورتی داشته، پوشانده شده بود. حتی روزنه‌ای نور هم داخلش نمی‌تابید. دو مهتابی بالای سرش روشن بودند. یکی از مهتابی‌ها چشمک می‌زد و این بیشتر ستاره را عصبی می‌کرد. اما اگر خاموش‌شان می‌کرد با آن پرده‌ی ضخیمی که روی پنجره کشیده شده بود آنجا مثل گور می‌شد. پس فکر خاموش کردن مهتابی را از سر بیرون کرد. پاهایش را بی‌اختیار تاب می‌داد. کاش زودتر تمام می‌شد و به خانه بر می‌گشت. دلش می‌خواست بخوابد و وقتی چشم باز می‌کند، ببیند همه چیز تمام شده است.

هم سردش بود و هم گرسنه، از شب قبل چیزی نخورده بود. دلش برای یک لقمه نان و پنیر ضعف می‌کرد. حتی هوس توت‌فرنگی هم کرده بود. یاد توت‌فرنگی که می‌افتاد دلش می‌خواست مثل بچه‌ها گریه کند پا به زمین بکوبد و توت‌فرنگی بخواهد. اگر بچه‌اش پدر داشت شاید اوضاع فرق می‌کرد. بارها در فیلم‌ها دیده بود که مردها در این شرایط چقدر ناز همسران‌شان را می‌کشند. اما فکر کردن و غصه خوردن بی‌فایده بود. فروغ گفته بود باید معده‌اش خالی باشد. گفته بود این طوری بهتر است، کمتر کثیف کاری می‌شود. تازه توت‌فرنگی در این فصل از کجا پیدا می‌کرد؟

چشمش به در بود تا فروغ بیاید. گفته بود الان با دکتر بر می‌گردد ولی بیشتر از نیم ساعت بود که آن جا تک و تنها نشسته بود و کسی سراغش نیامده بود. نکند

فراموشش کرده بودند؟ خواست بلند شود و در را بازکند که صدای صحبت از راهرو
آمد. دو نفر با هم حرف می‌زدند، یک زن و یک مرد، انگار موضوع سرِ پول بود. اما
صداها دور شدند و دیگر چیزی نشنید. چند دقیقه‌ای گذشت. صدای پایی پشت
اتاق شنید. در با سر و صدای زیاد لولاهایی که فریادشان در آمده بود با خستگی و
ناله باز شد. یک زن میان سال پر هیکل و استخوان درشت که موهای وزش از زیر
مقنعه به شکل نا جوری بیرون زده بود، در چهار چوب در ظاهر شد. ستاره فهمید،
دکتری که فروغ ازش گفته بود، باید همین زن باشد. لحظه‌ای زانوهایش سست
شدند، اما به هر زحمتی بود بلند شد وایستاد و سلام کرد.

دکتر نگاهی به سر تا پای ستاره انداخت. داخل اتاق آمد. در را با همان سر و
صدایی که باز کرده بود پشت سرش بست و کلید را داخل قفل چرخاند. بند دل
ستاره کنده شد، مثل بچه‌ای که مادرش راگم کرده باشد، دنبال فروغ می‌گشت و
نگاهش پشت سر دکتر روی در بسته مانده بود. فکر کرد پس فروغ کجاست؟ هنوز
داشت با سؤالش دست و پنجه نرم می‌کرد که دکتر گفت «فروغ یه کاری براش پیش
اومد گفت بهت بگم یکی دو ساعت دیگه بر می‌گرده.»

بعد دست‌های گنده‌اش را داخل جیب‌های بزرگ و چهارگوش مانتوی سفید
چرکش فرو کرد. کمی جلو آمد و گفت «خب ببینم دقیقاً چند وقته عقب انداختی؟»
ستاره با هر زحمتی بود لب‌هایش را به حرکت در آورد و با صدای خفه‌ای گفت
«دقیقاً شش هفته.»

«اُه! پس از چهل روز گذشته.»

سپس مکثی کرد. دستش را در آورد، چانه‌اش را خاراند و به چیزی فکر کرد.

«ببینم جواب سونو و آزمایشت رو آوردی؟»

«بله.»

دست داخل کیفش کرد و تعدادی برگه در آورد و به دکتر داد. دکتر نگاه سر سری
به آن‌ها انداخت و گذاشت‌شان روی میز کوچکی که از قبل ستاره دیده بود و سرنگی

را از داخل یک کیسه‌ی نایلونی درآورد و آمپول را آماده کرد و گفت «اولی رو می‌زنم، احتمالاً تا دو ساعت دیگه اثر می‌کنه، اگه نکرد دومی رو می‌زنم.»

بعد سکوت کرد و دوباره ادامه داد «به فروغ گفتم، خودش در جریانِه، هر آمپول اضافه‌تر هزینه‌ی بیشتری داره، برای خودش سه تا زدم تا کارش تموم شد.»

ستاره از آنچه می‌شنید تعجب کرده بود، فروغ هیچ‌وقت درباره‌ی این موضوع چیزی نگفته بود. هنوز داشت به آنچه از دکتر شنیده بود فکر می‌کرد که دکتر از زیر پلک‌های آویزانش نگاهی به ستاره که هنوز سرپا ایستاده بود انداخت «چرا وایسادی؟ دراز بکش.»

ستاره به خودش آمد و به طرف یکی از تخت‌ها رفت. انگشتانش از ترس یخ‌زده بودند. کف دستش فشارشان داد. تا خواست دراز بکشد، با دیدن دوباره‌ی خون‌های خشک شده باز چنگی به دلش خورد و دلش آشوب شد، چشم‌هایش سیاهی رفتند و زور شدیدی به شکمش آمد. حس کرد محتویات معده‌اش با شدت ازگلویش در حال بالاآمدن است. دستش را محکم جلوی دهانش گرفت و به طرف سطل آشغال بزرگ کنار میز دوید. سرش را نزدیک سطل کرد. چند بار عق زد ولی جز زرداب و آبِ کف آلود چیزی بالا نیاورد. چشمش به باندها و پوشک‌های پر خون داخل سطل افتاد و بوی خون در سرش پیچید. حالش بیشتر به هم خورد. دستش را محکم به دیوار گرفت و خودش را به سمت تخت کشید.

دکتر پوزخندی بر لب داشت و همان‌طور با آن لبخند مسخره و کفش‌های مردانه‌ی گنده‌اش به طرف تخت آمد «چند سالته؟»

«هیفده.»

سر سوزن را در پوست سفید و نرم ستاره فرو کرد «چرا مراقب نبودی؟»

ستاره دردش آمد ولی تحمل کرد «بودم. هر شب قرص می‌خوردم ولی نمی‌دونم چرا اون ماه اثر نکردن.»

دکتر مایع داخل سرنگ را در بدن ستاره تزریق کرد «پیش میاد، هیچ روشی

صد در صد نیست.»

ستاره سوزش وحشتناکی حس کرد و از شنیدن این حرفِ دکتر ترسید. یعنی باز هم قرار هست پیش بیاید که دکتر دوباره گفت «بعد از این یاد می‌گیری که بیشتر مراقب باشی... البته بعد از این سقط احتمالاً بارداریت خیلی کمتر از قبل می‌شه ولی باز هم باید مراقب باشی، به خاطر کارِت می‌گم، مواظب باش.»

ستاره سرخ شد، دکتر از کجا می‌دانست کارش چیست؟ شاید فروغ چیزی گفته بود، ولی نه دکتر بود و از این جور مریض‌ها خیلی داشت. حس کرد دلش دوباره آشوب می‌شود.

دکتر سرنگ را به طرف سطل آشغال که درش باز بود، پرت کرد. هدف گیریش درست نبود. سرنگ داخل سطل نیفتاد و به کنار سطل پرت شد. چند سرنگ دیگر هم دورو بر سطل آشغال افتاده بودند.

«خب بلند شو توی اتاق راه برو، حتی می‌تونی گاهی بالا و پایین هم بپری، فقط زیاد سر و صدا نکن، تو اتاقای دیگه مریض هست.»

دکتر بعد از گفتن این‌ها ستاره را تنها گذاشت و رفت. ستاره بلند شد و طول اتاق را راه رفت و مدام با دستش شکمش را که حالا مثل یک گلابی سفت شده بود فشار می‌داد. گاهی هم دلش می‌خواست این گلابی را بغل بگیرد، ببوسد، حتی شیرش دهد. چشمانش پر آب شدند و دیگر به گلابی کوچکش فکر نکرد. از شدت گرسنگی و ضعفی که به دست و پایش افتاده بود نزدیک بود کف اتاق غش کند ولی باید تحمل می‌کرد، چاره‌ای نبود. به سمت پنجره رفت. پرده را کنار زد و نگاهی به بیرون انداخت. پشت ساختمان دیده می‌شد. چند درخت آخر حیاط بود که برگ‌هایش ریخته بودند و کف حیاط که تقریباً یک سر و گردن از نگاه ستاره کوتاه‌تر بود، پر از برگ‌های زرد و خشک بود. به نظر می‌رسید خیلی وقت است که فراموش شده‌اند و کسی آنها را جمع نکرده یا شاید اصلاً کسی متوجه آن قسمت از حیاط نیست. دلش می‌خواست روی برگ‌ها راه برود و صدای خش خش آن‌ها را

بشنود. همیشه صدای خرد شدن برگ‌ها را دوست داشت. اصلاً پاییز را به خاطر همین برگ‌هایش دوست داشت. کمی لرزش گرفت.

از پای پنجره دور شد و به طرف بخاری رفت. شعله‌اش را کمی بیشتر کرد و دوباره راه رفت. اما هیچ حسی یا دردی نداشت. چندین مرتبه ادای طناب زدن را درآورد اما توانش کمتر از آن بود که بتواند ادامه دهد. سینه‌هایش با هر بار بالا و پایین پریدن درد وحشتناکی می‌گرفتند. پس به همان راه رفتن راضی شد. حس‌هایش قاطی شده بودند. هم حس یک مادر، هم حس یک دختر بچه را پیدا کرده بود. حس بکری بود که تا آن زمان تجربه‌اش نکرده بود. بین دو دنیای متفاوت گیر افتاده بود. گاهی دست به سفتی شکمش می‌زد. حس می‌کرد یک گوشه از قلبش آن سفتی کوچک را دوست دارد. دلش می‌خواست داشته باشدش اما وقتی به غیر ممکن بودنش فکر می‌کرد همه‌ی وجودش پر از نفرت می‌شد. او خواستنی ممنوعه بود. فکرهایش مثل قاصدک‌هایی رقصان در هوا، در سرش چرخ می‌خوردند که در باز شد. این دفعه فروغ هم همراه خانم دکتر بود. هر دو داخل آمدند و در را پشت سرشان بستند. لب‌های گوشتی فروغ با آن رژ زرشکی پررنگی که زده بود، درست مثل غنچه گلی باز شد و لبخند پت و پهنی به صورت رنگ پریده‌ی ستاره زد. ستاره با دیدن فروغ کمی دلش گرم شد و جواب لبخندش را با لبخند کم جانی داد. دلش می‌خواست خود را در بغل او پرت کند.

دکتر پرسید «چه خبر؟ وضعیتت چطوره؟»

ستاره نگاهش را از صورت فروغ گرفت، اشک‌هایش را در پشت پلک‌هایش حبس کرد و به دکتر نگاه کرد «هنوز هیچی، نه درد دارم نه چیزی حس می‌کنم.»

«دستشویی رفتی؟»

«نه.»

«برو ببین لکی چیزی می‌بینی.»

بعد با دستش به طرف دری که کنار در ورودی بود اشاره کرد ستاره تعجب کرد

که چرا تا آن لحظه متوجه این در نشده بود؟

فروغ هم برای تأیید حرف دکتر گفت «آره برو ببین وضعیتت چطوره؟»

ستاره با دلهره وارد دستشویی شد. چراغ را روشن کرد. صدایی مثل ویز ویز زنبور از چراغ بلند شد. خودش را معاینه کرد اما ظاهراً هیچ اتفاقی نیفتاده بود. چند بار توده‌ی سفت زیر دلش را محکم به داخل فشار داد ولی نه دردی حس کرد، نه تغییر حالتی، توده همان طور محکم سر جایش چسبیده بود. اصلاً نمی‌دانست باید منتظر چه چیزی باشد؟ کاش لااقل دکتر یا فروغ کمی توضیح داده بودند. تکه‌ای دستمال توالت جدا کرد. اما دریغ از حتی یک لک صورتی یا قهوه‌ای. بلند شد و بیرون رفت.

فروغ و دکتر مشغول صحبت بودند. هر دو هم زمان نگاه پرسش‌گرشان را روی صورت ستاره دوختند. ستاره با تکان سر به‌شان فهماند که اتفاقی نیفتاده است. چشمش به استکان‌های چای افتاد. بخار داغی ازشان بلند می‌شد و ابر کوچکی را تشکیل می‌داد. چقدر دلش چای می‌خواست. چقدر به آن گرمای چای و آن ابر کوچک احتیاج داشت. نزدیک بود به گریه بیفتد. نمی‌دانست چقدر دیگر باید آنجا باشد فقط می‌خواست زودتر تمام شود و از آن دخمه که تمام گچ‌های دیوارهایش ریخته بودند و همه جا بوی نم و خون می‌داد فرار کند. اگر این بچه ماندنی می‌شد چه کاری می‌توانست بکند؟ دیگر با چه رویی توی صورت پدرش نگاه می‌کرد؟ حتی اگر چشم‌های پدر شکم برآمده‌اش را نمی‌دیدند. کارش چه می‌شد؟ از کجا خرجش را در می‌آورد؟ به بچه‌اش می‌گفت پدرش کیست؟ اصلاً مگر خودش می‌دانست که بخواهد به او راستش را بگوید؟

نگاه فروغ روی صورت ستاره ماند. متوجه حال و روزش شد و گفت «نگران نباش، خانم دکتر کارشونو بلدن.». بعد نگاهی به دکتر که حالا استکان چای را به لبش نزدیک کرده بود و لبش را با آن مرطوب می‌کرد، انداخت. کمی آهسته گفت «خیلی رنگش پریده، هنوزم نمی‌تونه چیزی بخوره؟»

دکتر چای را که در دهانش بود قورت داد و قند را کمی در لپش جا به جا کرد «نخوره بهتره، از خودت یادت رفته؟ چه قدر کثیف کاری کردی!»

«من یک دست دل و جیگر خورده بودم، می‌ترسم نتونه موقع درد تحمل کنه.»

«آره یادمه، پسره خاطرتو می‌خواست، کلی تحویلت گرفته بود.»

«مطمئن نبودم بچه‌ی اونه یا نه، اگه می‌دونستم شاید الان جای دیگه‌ای بودم، ولش کن! حالا بخوره یا نه؟»

«کسی از درد نمرده... ولی اگه خیلی اصرار داری نصف استکان چای نبات اشکال نداره.»

فروغ که از خدا خواسته و منتظر تأیید دکتر بود از جا بلند شد «الان می‌رم از آبدارخونه براش می‌گیرم.»

ستاره هنوز همان جا سر جایش ایستاده بود و نمی‌دانست باید چه کار کند. دکتر چایش را که تمام کرد، استکانش را داخل سینی گذاشت و به طرف ستاره آمد «خب معلوم می‌شه بچه‌ی سمجیه، باید دومی رو بزنم. بیا اینجا رو صندلی بشین تا اول فشارتو بگیرم.»

بعد به صندلی قدیمی‌ای که چوب بعضی جاهایش باد کرده بود اشاره کرد. ستاره به طرف صندلی رفت. حس می‌کرد این زمین است که راه می‌رود نه او. به صندلی که رسید خودش را روی صندلی رها کرد. پاهایش از دو طرف باز مانده بودند. ضعف تمام بدنش را گرفته بود و داشت جانش را می‌گرفت. دلش می‌خواست بخوابد، یک خواب عمیق و طولانی.

«آستین راستتو بزن بالا.» دکتر این را گفت و با دستگاه فشار خون به طرف ستاره رفت و شروع به گرفتن فشارش کرد. زیر لب با خودش گفت «خوب شنیده نمی‌شه.» و دوباره فشار را گرفت. گوشی را از داخل گوشش در آورد و کنار گذاشت.

فروغ با لیوان نصفه‌ی چای نبات در دست، در را باز کرد و با لبخند وارد شد.

دکتر گفت «فشارش هشت و نیم رو شیشه.»

فروغ گفت «از رنگ و روش معلوم بود.»

«بده بخوره تا آمپول بعدی رو بزنم.»

فروغ و دکتر رفته بودند. ستاره تک و تنها در اتاق، روی تخت درازکشیده بود و مطمئن بود که حالا هوا کاملاً تاریک شده است. به ساعت بالای تخت نگاه کرد که روی ساعت پنج و ربع مانده بود و شاید سال‌ها بود کسی به فکر آن نیفتاده بود که باطری‌اش را عوض کند. صدای ناله‌ای از اتاق کناری شنیده می‌شد، نمی‌دانست چه کسی‌ست؟ کنجکاوی هم فایده‌ای نداشت. صدای جیغی از کمی دورتر آمد. کمی بعدتر جیغ‌ها بلندتر و حالا در لابه‌لای جیغ‌ها فحش هم شنیده می‌شد. کمی‌بعد صدا ساکت شد. حس این‌که بلند شود و راه برود از دست و پایش رفته بود. دیگر حتی گرسنه‌اش هم نبود، توت‌فرنگی هم نمی‌خواست. فقط می‌خواست آن درد لعنتی زودتر به سراغش بیاید و زودتر همه چیز تمام شود. یک ساعتی می‌شد کمی زیر دلش درد گرفته بود. مثل دردهای ماهانه اما دکتر گفته بود کافی نیست. این را با پوزخند گفته بود و بسته‌ی بزرگ پوشک را کنار تختش گذاشته و گفته بود هر زمان حس کردی چیزی ازت کنده شد سریع دو تا از اینا بذار تا همه جا رو به گند نکشی و برایش سرم وصل کرده و رفته بود. اما ستاره منظور دکتر را خوب نفهمیده بود.

فروغ به دکتر اصرار کرده بود که سومی را هم بزنند اما دکتر قبول نکرد. گفته بود سنش کم و فشارش پایین است و برایش خطرناک است. گفته بود تا صبح صبر می‌کنیم اگر نشد بعد.

فروغ هم که مشتری داشت منتظر نمانده و رفته بود. ستاره دلش می‌خواست فروغ پیشش بماند این طوری دلگرمی‌اش بیشتر می‌شد و کمتر می‌ترسید ولی حالا می‌دانست که تنهاست و خودش به تنهایی باید با آنچه پیش رو دارد روبه‌رو شود. درد گاهی به سراغش می‌آمد ولی باز تمام می‌شد. از خوابیدن یک جا هم خسته شده بود. باید تکانی به خودش می‌داد. سرم در دستش بود و راه رفتن با آن مشکل. بلند شد و نشست. فکر و خیال‌ها در هزار توی ذهنش بازی‌شان گرفته

بود و یک جای ثابت نمی‌ماندند. گاهی صورت خواهرش جلوی چشمش می‌آمد، می‌خندید و عروسک پارچه‌ای‌اش را روی پایش می‌خواباند. گاهی دود سیگار پدر جلوی صورتش را می‌پوشاند یا تصویر محو زنی که هر چه سعی می‌کرد ببیندش نمی‌توانست اما می‌دانست مادرش است و مردها، تصویر مردهایی را می‌دید که در دو ماه گذشته مشتریش بودند. چهره‌ی بعضی‌هایشان را اصلاً یادش نمی‌آمد و هر چه به ذهنش فشار می‌آورد فقط تصاویر درهمی از چهره و خنده‌ها و صدای نفس‌های‌شان می‌دید و می‌شنید. اما بوی دهان‌شان را خوب یادش بود. از بوی دهان همه‌شان متنفر بود. همگی حالش را به هم می‌زدند. یعنی پدر بچه‌اش کدام یکی بود؟ دلش نمی‌خواست هیچ‌کدام‌شان پدر بچه‌اش باشند. نه هرگز! نه آن مرد چاق و بد بو را می‌خواست نه آن یکی را که از بس لاغر بود نفسش به زور بالا می‌آمد. مردانی که تا کارشان تمام می‌شد برای‌شان با یک چوب کبریت نیم سوخته فرقی نداشت، مثل یک سیگار نیمه دو پک می‌زدند و دورش می‌انداختند. خدا را شکر کرد که مجبور نیست بچه را نگه دارد!

چیزی در وجودش حس کرد. باید خودش را سریع‌تر به دستشویی می‌رساند. سرم را از بالای میله‌ای که رویش بود، برداشت و به سمت دستشویی رفت. هنوز ننشسته بود که چیزی شبیه خنجر از پشت به کمر و پهلوهایش فرو شد. حس کرد تمام جانش در حال بیرون آمدن از تنش است، فشار شدیدی بهش وارد آمد، آن قدر شدید که جیغ بلندی از گلویش کنده شد. هم‌زمان مایع داغی تا روی ران‌هایش کشیده شد. کاشی‌های کف دستشویی پر از خون شدند. از دیدن آن همه خون وحشت کرد. فکر کرد همین حالاست که بمیرد. حتماً داشت می‌مرد خودش خبر نداشت! اما درد مجال فکرکردن نداد و دوباره با شدت بیشتری به سراغش آمد. این‌بار جیغ بلندتری کشید. سرم از دستش به زمین افتاد. کمی خون از دستش داخل لوله‌ی سرم برگشت و لوله را رنگین کرد.

درِ اتاق با همان سر و صدای همیشگی باز شد و دکتر سراسیمه داخل آمد.

وقتی ستاره را روی تخت ندید درِ دستشویی را بازکرد و با دیدن او گفت «شجاع باش دخترم، دیگه وقتشه.»

ستاره با این‌که درد داشت اما تغییر لحن صحبت دکتر را فهمید که چطور یک‌باره مهربان شده بود. دکتر زیر بغل‌های ستاره راکه حالا خودش هم کف دستشویی روی خون‌ها افتاده بود گرفت و بلندش کرد.

«ای وای! بلند شو دختر بیچاره.»

سرم را از دستش کشید و از دستشویی بیرون بردش و روی تخت درازش کرد.

«الان می‌گم برات لباس تمیز بیارن.»

دکتر چشمش به خط خونی که روی سرامیک‌های کِرِم رنگ اتاق کشیده شده بود افتاد، بلند صدا زد «زهرا خانم! زهرا خانم!»

دو تا پوشک به ستاره داد. ولی دید خیلی بی‌حال‌تر از آن است که بتواند آنها را خودش بگذارد. در همین لحظه زنی با لباس قهوه‌ای، تی به دست وارد اتاق شد. صورت رنگ پریده و تکیده‌ای داشت «بله خانم دکتر امری داشتین.»

«زهرا خانم بیا اینجا رو تمیزکن بعدم لباسای اینو عوض کن اینا رو هم براش بذار.»

بعداشاره به پوشک‌های توی دستش کرد.

زن باگفتن «چشم.» با تی به جان خون‌ها افتاد. تی را چند بار در سطل فروکرد و دوباره کشید. ستاره کمی آرام گرفته بود و صداهای زنِ اتاق کناری را می‌شنید که ناله‌هایش تبدیل به جیغ‌های بلند و پی‌درپی شده بودند وکسی به نام حسین یا یک چنین اسمی را صدا می‌زد.

ستاره دوباره پیچشی همراه درد در خودش احساس کرد. انگار کسی با چنگال‌هایش داشت دل و روده و هر چه درجانش بود را بیرون می‌کشید وکسی با تبر کمرش را قطع می‌کرد.

دکتر آمپولی را آماده کرد وگفت «این آرام بخشه، کمی از دردت کم می‌کنه.»

اشک دو طرف صورت ستاره را پر کرده بود. دست دکتر را که آمپول زدنش تمام شده بود گرفت و با جملات بریده بریده گفت «خاااانوووم دکترر... دارمممم می‌میییرم... پس کی تممموم می‌شه؟»

هنوز جمله‌اش را تمام نکرده بود که درد بعدی به سراغش آمد. حالا صورت دکتر را در خواب و بیداری می‌دید. فکر کرد حتماً دارد می‌میرد. دوباره درد و جیغ‌هایی از ته دل. در همان حالت و خلسه، ناسزاهای زنِ اتاق کناری را هم می‌شنید، صدایش را خیلی واضح نمی‌شنید. انگار گوش‌هایش هم مثل چشم‌هایش خوب کار نمی‌کردند. با هر جیغی که زن می‌کشید درد خودش هم بیشتر می‌شد. اما جیغ‌های زن یک‌سره شده بودند.

دکتر سراسیمه دست‌هایش را شست و رو به زن خدمت‌کار کرد «زهرا خانم همین‌جا باش، هوای اینو داشته باش تا من برم اون اتاق.»

بعد با عجله از اتاق بیرون رفت.

ستاره گاهی خودش را سبک می‌دید که از روی تخت بلند و به سقف اتاق نزدیک می‌شود و وقتی دوباره درد به سراغش می‌آید از آن بالا بلند می‌افتد روی تخت. پاهایش را داخل شکمش جمع می‌کرد و جیغ می‌کشید. گرمای خون را زیر خودش حس می‌کرد. زن خدمت‌کار کارش تمام و تی را یک گوشه گذاشت. دست‌هایش را شست و با نگاهی ترحم‌آمیز که خالی از محبت و مهربانی هم نبود نزدیک ستاره آمد. ستاره چشم‌هایش را به چهره‌ی در هم شکسته‌ی زن دوخت. رگه‌های سیاه در لابه‌لای موهای سپیدش دیده می‌شد. با دیدن چهره‌ی او کمی دردش آرام گرفت. فکر کرد اگر مادرش زنده بود شاید الان هم سن و سال این زن بود، شاید هم کوچک‌تر. زن با مهربانی گفت «دخترم بذار لباساتو عوض کنم.» ستاره بی‌هیچ مقاومتی خودش را در اختیار زن گذاشت، اما به نظرش رسید عوض کردن فایده‌ای ندارد. گودی کمرش مدام داغ می‌شد و بعد از چند لحظه یخ می‌کرد. چانه‌اش به لرز افتاده بود. با صدای لرزانی گفت «سردمه.»

زن پتویی که پایین تخت بود را روی پاهای ستاره کشید و بخاری را کمی زیادتر کرد و در همان حال می‌گفت «بچه‌ی ناخواسته نمونه بهتره، اونایی که خواسته به این دنیا اومدن چی شدن که ناخواستش بخواد بشه؟»

اما ستاره فقط به فکر خلاص شدن از درد بود و هر بار درد به سراغش می‌آمد طوری به خودش می‌پیچید که پتو کاملاً مچاله و به کناری پرت می‌شد. انگار اختیار دست و پاهایش را از دست داده بود. بالش زیر سرش از اشک خیس بود. چه کسی را باید به کمک می‌طلبید؟ دردها آن قدر شدید و یک سره شده بودند که مجال فکر کردن به او نمی‌دادند. حالا فقط تنها کلمه‌ای که به ذهنش می‌رسید «خدا» بود. حتی نمی‌دانست چه کسی مقصر است تا بتواند فحشی نثارش کند. دیگر چیزی نمی‌دید. همه جا سیاه و تاریک بود و فقط نوری در آخر آن همه تاریکی می‌دید و با هر فریادی که از گلویش بلند می‌شد فقط می‌توانست بگوید «خدا».

صداهایی را در اطرافش حس می‌کرد. اما نمی‌دانست متعلق به کی یا چه کسانی‌ست؟ واقعی هستند یا خیالی؟ حس کرد چیزی در بدنش تکان می‌خورد یا چیزی را از بدنش می‌کشند. سوزشی را در دستش حس کرد صدای دکتر در گوشش پچ پچ کرد «دوباره بهت سرم زدم کمتر حرکت کن.»

ولی درد و فشار که می‌آمد امان نمی‌داد. می‌خواست خودش را از شدت درد از تخت پایین بیندازد. مثل مار به خودش می‌پیچید. صدای دکتر را گاهی می‌شنید که می‌گفت «الان تموم می‌شه، داره کنده می‌شه، یه کم دیگه تحمل کن.»

لحظه‌ای چشمش را باز کرد. صورت دکتر را در هاله‌ای مبهم دید که دستش را تا آرنج در بدن او کرده و به چیزی چنگ انداخته بود. ستاره با تمام آنچه توان در بدنش مانده بود زور زد و جیغ کشید. انگار چیزی برای همیشه از بدنش کنده شد و دیگر نه چیزی دید و نه چیزی شنید.

بیدار که شد، اتاق ساکت و خالی بود. پاهایش را حس نمی‌کرد. بی‌حس شده بودند. خواست دستش را بالا بیاورد. فهمید نمی‌تواند. نگاهی به مچ دستش

انداخت. تسمه‌ای محکم به دستش بسته بودند. کی بسته بودند؟ یادش نمی‌آمد. سرم هنوز در دستش بود. تازه یادش آمد که برای چه آنجاست.

سرش از یادآوری این خاطره‌ی عذاب‌آور، دردگرفته بود ولی چیزی را که آن روز از دست داد تکه‌ای از وجودش بود که هیچ‌وقت دوباره نمی‌توانست، یعنی نتوانست و نخواست به دست بیاوردش. سوپر بعدی را هم رد کرد. به مسجدی رسید. دیوار مسجد را تمام کرد و پیچید پشت دیوار. آن‌جا پیرمردی را دید که کنار دیوار مسجد بساطی از لیف و اسکاچ جلویش پهن است. کُتی کهنه و وصله‌دار به تن داشت و کلاهی چرک‌مُرد به سر کشیده بود. عینکی ته استکانی که از چند جا شکسته بود و با چسب به زور سرِ پا نگهش داشته بود و با دو کش به پشت‌گوش‌هایش انداخته بود، به چشم داشت. ستاره سر جایش میخ‌کوب شد. درست مثل پدر بود! یک لحظه شک کرد، شاید خودش باشد، ولی نه! مطمئن بود. قبرش را نشانش داده بودند، آن هم بعد از کلی دلواپسی و این طرف و آن طرف رفتن...

پنجم

وقتی که دید از پدر خبری نیست و دیگر پشت دیوار مسجد پیدایش نیست، دل به دریا زد و به خانه‌ای که جلوی چشم اهالی‌اش، پدر، بیرونش کرده بود، برگشت.

به خانه‌ی قدیمی پاگذاشتن، برایش سخت بود. اما چاره‌ای نداشت، باید از پدرش خبری می‌گرفت. بعد از گذشت آن همه سال آدم‌های قدیمی یا دیگر نبودند یا اگر هم بودند ستاره را خوب نمی‌شناختند. پیرها، پیرتر، جوان‌ها پیر و بچه‌ها بزرگ‌تر شده بودند. زنِ صاحب‌خانه هنوز هم در همان اتاق‌های بالای خانه زندگی می‌کرد. اتاق‌ها را سر و سامان داده بودند و رنگ تازه‌ای به سر و روی‌شان کشیده بودند اما خود زن شکسته‌تر از همیشه شده بود و دیگر بدون عصا نمی‌توانست راه برود. اما ستاره را شناخت، انگار منتظر آمدنش بود. ظرف خرما را جلوی ستاره گذاشت و ستاره همه چیز را فهمید. از سال‌های آخر پدر

برایش گفت. دیگر نه جایی را می‌دید نه پای راه رفتن داشت. مردهای همسایه
از سر دل‌سوزی کاری برایش انجام می‌دادند. ستاره شرمگین شد، کارهایی که او
باید انجام می‌داد را دیگران انجام داده بودند.

صاحب‌خانه تکه کاغذی را که رویش شماره‌ی تلفنی بود به ستاره داد و گفت
«شماره‌ی زهراست.» و بعد با حالتی مغرورانه از پشت عینک ته استکانیش نگاهی
به صورت ستاره انداخت و با غرور ادامه داد «پرستارِ بیمارستانِ دیه.»

ستاره خودش را به نشنیدن زد. برایش مهم نبود آن دختر زردنبو چه کاره
است ولی همیشه می‌دانست با آن درس‌های خوبی که دارد یک کاره‌ای می‌شود و
به جایی می‌رسد، تازه پرستار شدن کمش بود انتظار داشت بشنود دکتری چیزی
شده. شماره را برای پیر زن گرفت و گوشی را به دستش داد. پیر زن با حرکت سر و
چانه به ستاره گفت «یادداشت کن.»

از آن طرف خط صدای جا افتاده‌ی زنی به گوشش رسید که هیچ شباهتی به
صدای جیغ جیغوی آن زهرایی که می‌شناخت، نداشت. کینه‌ای از او به دل داشت
که هیچ جوره پاک نمی‌شد، همیشه خوراکی‌هایش را تنهایی می‌خورد و آب دهان
ربابه را راه می‌انداخت. حالا حتی اگر تمام خوراکی‌های مغازه‌ها را هم می‌خرید باز
هم داغ آنهایی که زهرا تنهایی خورده بود و به او نداده بود روی دلش بود.

پیر زن شماره‌ی قطعه و ردیف را از زهرا گرفت و ستاره یادداشت کرد. سرِ راهش
شال مشکی خرید و شال زرشکی‌اش را توی کیفش گذاشت. یک دسته گل سفید
و یک سینی خرما هم خرید و از همان جا به بهشت زهرا رفت. باورش برایش
سخت بود. باید خودش می‌دید. شاید این طوری دیگر در پشت دیوار مسجد
دنبالش نمی‌گشت.

نزدیک غروب بود که رسید. هیچ لباس گرمی همراهش نبود. باد سرد سر و
صورتش را سوزاند. چهره‌اش از غم بزرگی پر شده بود. اشک‌هایش فقط در کاسه‌ی
چشمش گرم بودند و هنوز سر به بیرون باز نکرده یخ می‌زدند.

به جایی رسید که مرده‌ها را شهرداری دفن می‌کرد. همه‌ی سنگ قبرها مثل هم بودند. چقدر غربت و تنهایی در آن تکه از زمین این دنیا دیده می‌شد. انگار هیچ‌وقت هیچ‌کس پا به آن جا نگذاشته بود. ساکنان قبرها در غربتی عظیم بودند. کلاغ‌ها تک به تک از روی زمین چیزهایی را به منقار می‌گرفتند و بعد با سر و صدای زیاد به هوا می‌پریدند و دوباره در جای دیگری می‌نشستند. روی بعضی از سنگ قبرها قشر ضخیمی از خاک و گل نشسته بود تا جایی که خطوط حک شده‌ی اسم‌ها دیده نمی‌شدند. معلوم بود شاید هیچ‌وقت کسی سراغی از آن‌ها نگرفته و آبی روی‌شان نریخته و فقط آب باران و برف گاهی تن‌شان را شستشو می‌دهند. خودش تنها بود با سایه‌اش، سایه‌ای که می‌رفت تا در دل‌گیری غروب محو شود. خاک‌های زیر پایش هم از خستگی و دلتنگی ناله می‌کردند. چندین بار آنچه را که یادداشت کرده بود خواند. پدر را چه طور از بین این همه سنگ‌های یک شکل باید می‌جست؟ تک‌تک قبرها را چندین باریک‌به‌یک نگاه کرد و شمرد تا پیدایش کرد. با خط کم‌رنگی که به زحمت دیده می‌شد و می‌رفت تا زیر انبوه خاک دفن شود، نوشته بود تراب قوزجانی.

کنار پای پدر زانو زد. سرش پایین افتاد. نوک انگشتانش را آهسته و با شرم گوشه‌ی سنگ قبر پدر گذاشت. حرفی برای گفتن نداشت. همه‌ی گذشته‌اش را که لابه‌لای قلبش مدفون کرده بود به یک‌باره به‌یاد آورد و باز به پدر فکر کرد. پدری که به او حیات بخشیده بود، حیاتی ناآگاهانه، بی‌آنکه بداند برای چه به او زندگی می‌بخشد و او چگونه می‌خواهد به زندگی‌اش ادامه دهد؟

قلبش پر از اندوه، نفرت، خشم و شرم بود. از لابه‌لای لایه‌های قلبش بوی کهنگی و واماندگی می‌آمد. زیر لب مدام می‌گفت «پدر حلالم کن.» ساعتی نشست و اشک ریخت. دلش برای پدر تنگ شده بود. دلش برای آن وقت‌ها که پدر از سر دلتنگی زیر آواز می‌زد و با صدای خش‌دارش سعی در سرگرم کردن او و سکینه می‌کرد، تنگ شده بود. پدر غمگین می‌خواند ولی او و سکینه را به دنیای گس آرزوهای دست نیافتنی می‌برد. وقتی که با دست‌های زبرش انگشت لای موهای

مخملی‌اش می‌کرد وگاهی پوست زبر انگشتان پدر به صورت ظریف و استخوانی‌اش می‌خورد، خراش و سوزشی گذرا در پوستش حس می‌کرد. دلش برای آن دست‌های زمخت تنگ شده بود. حتی برای بوی سیگارش. آن وقت‌ها فکر می‌کرد پدر از سر عادت هر چند ساعت یک بار سیگار می‌کشد، اما حالا خوب می‌فهمید که پدر با هر سیگاری که می‌کشید، سعی می‌کرد فقط به یکی از مشکلاتش فکر کند و بار آن‌ها را تنهایی به دوش بکشد. سیگار می‌کشید چون چیزی در درونش همیشه ناراضی بود، تلنگرهای پی‌درپی روح به جسم.

کارخانه تعطیل شده بود. کارگران بی‌کار و پدر خانه نشین شد. مادر مریض شد و چیزی نگذشت که مُرد. سکینه از ضعیفی مُرد. چشم‌هایش روز به روز کم بیناتر می‌شدند. چه بسا از زور گریه بود! اشک‌هایی که یواشکی می‌ریخت و به خیالش ربابه نمی‌بیند. نمی‌خواست مرد بودنش زیر سؤال برود. پدر همیشه تنها بود و آه می‌کشید. پدر را نفهمیده و نشناخته بود و تنهایش گذاشت. حالا این اشک‌هایی که می‌ریخت آتش قلبش را خاموش نمی‌کرد.

پیر مرد با چشمان بهت زده از پشت عینک ته استکانی شکسته‌اش به صورت ستاره زل زده بود

«خانوم اتفاقی افتاده؟»

چه مدت آنجا ایستاده بود و پیر مرد را نگاه می‌کرد؟ بسته‌ی خرید را در دستش کمی جابه‌جا کرد و نگاهی به دور و برش انداخت. مثل این بود که دنبال خاطراتش می‌گشت اما آن‌ها رفته بودند. خنده‌ی مزاحمی کرد «ببخشید، نه... مشکلی نیست.»

«گمون کردم حالتون بده.»

«مهم نیست.»

برگشت تا به پیر مرد بگوید چقدر شبیه پدرش است اما چیزی نگفت و با شتاب دور شد. راه می‌رفت و خاطرات سمج به مغز و قلبش چسبیده بودند و قصد جدا

شدن نداشتند. از روزی یادش آمد که فروغ ازش خواسته بود به اتاق‌شان برود و بعد ازگذشت این همه سال مطمئن نبود آیا کار درستی کرده یا نه؟

ربابه پا به داخل اتاق فروغ و مادرش گذاشت و در را پشت سرش بست، همه جا بوی آشنای تریاک و شیره می‌داد. خیلی بیشتر از اتاق خودشان. انگار آنجا بو کهنه‌تر بود و به تمام تار و پود اتاق نفوذ کرده بود.

فروغ جلوی تلویزیون کوچک‌شان نشسته بود و سعی می‌کرد سیم‌هایی را به تلویزیون وصل کند. جلوی پایش چیزی در یک روسری بزرگ پیچیده شده بود. فروغ گره‌های روسری را بازکرد وگفت «بیا نزدیک‌تر، چرا اونجا وایسادی؟»

حلیمه خانم، مادر فروغ زیرکرسی خوابیده بود و در حال چرت زدن بود. هوا گرم شده بود اما آنها هنوزکرسی‌شان را جمع نکرده بودند و از آن به عنوان جایی برای خواب یا میز استفاده می‌کردند. ربابه نزدیک‌تر آمد. فروغ مستطیل سیاه رنگ را با سیم‌هایی به تلویزیون وصل کرد. تصویر برفکی روی تلویزیون ظاهر شد. سپس تصویر صافی روی صفحه آمد. چیزی به انگلیسی روی صفحه نوشته بود. ربابه نمی‌توانست بخواند چون تا کلاس پنجم بیشتر مدرسه نرفته بود اما می‌دانست انگلیسی است این‌ها را توی کتاب زهرا دختر صاحب‌خانه‌شان دیده بود.

فروغ روی تصویر نگه داشت. به ربابه نگاهی انداخت.

«بیا خوب جلو نترس!» بعد خندید و بلند گفت « ننه بیداری؟»

صدای حلیمه خانم از زیرکرسی بلند شد «هوم.»

«ننه روتو اونورکن تا نگفتم این وری نشی، هرچی هم شنفتی نشنیده می‌گیری خب؟»

دوباره پیرزن گفت «هوم.»

سپس از این شانه به آن شانه شد و پشتش را به دخترها کرد و چادر سوراخ سوراخ و رنگ و رو رفته‌اش را روی سرش کشید. حالا ربابه زانو به زانوی فروغ نشسته بود. کمی دلهره داشت. فروغ گفته بود «هرکاری فوت و فن خودشو داره

تو باید اول خیلی چیزا بدونی.»

فروغ که دلهره‌ی ربابه را دید سرش را کنار گوشش برد و گفت «مگه نمی‌خواستی پول‌دار بشی، لباسای خوب و قشنگ بپوشی؟»

ربابه چشمان درشت و وحشت زده‌اش را به صورت فروغ دوخت و لحظه‌ای از خوردن ناخن‌هایش دست کشید و سرش را به علامت مثبت تکان داد.

«خب، پس نترس، کم‌کم همه چیزو یاد می‌گیری و عادت می‌کنی.» بعد با انگشتان دمبه‌ای و نرمش چند ضربه‌ی کوچک به صورت استخوانی و رنگ پریده‌ی ربابه زد و دکمه‌ی جعبه‌ی سیاه را فشار داد.

خانم زیبایی در صفحه‌ی تلویزیون پیدا شد. حتی شیک‌تر و خوشگل‌تر از فروغ. با موهای بلند روشن که ربابه همیشه آرزوی‌شان را داشت. ناخن‌هایش لاک قرمز داشتند. کفش‌های پاشنه بلند مشکی به پاکرده بود و لباسی که تا به حال ربابه ندیده بود تنش بود. تقریباً همه جای زن دیده می‌شد. ربابه آب دهانش را قورت داد و انگشتانش در دهانش ماندند حتی فراموش کرده بود ناخن‌هایش را بخورد. هر چه فیلم جلوتر می‌رفت وحشت و حیرتش بیشتر می‌شد. بعضی جاها دلش می‌خواست بلند شود و فرار کند یا حتی شیشه‌ی تلویزیون را بشکند و زن را از دست آن مرد نجات دهد. از ترس نزدیک بود سکته کند. ولی فروغ هر از چندگاهی خنده‌ای می‌کرد یا چیزی می‌گفت تا اضطرابش را کم کند و دستی به پشت نحیفش می‌کشید و می‌گفت «زن و مرد یعنی این، تو چی خیال کردی؟»

بالاخره فیلم تمام شد. ربابه نفس راحتی کشید ولی حالت تهوع وجودش را گرفته بود. انگار دنیا آوار شده بود روی سرش. تمام تنش خیس از عرق شرم بود و هزار سؤال در ذهنش که جرأت نمی‌کرد بپرسد.

فروغ گفت «معلومه که حسابی ترسیدی! حقم داری، دفعه‌ی اولته ولی چند بار که نگاه کنی عادت می‌کنی. از دفعه‌ی بعد ازت می‌خوام تمام کارایی که این زن یا اونای دیگه می‌کنن رو موبه‌مو تو ذهنت حک کنی، باشه؟» بعد دوباره بلند

و بی‌پروا خندید.

ربابه زبانش قفل شده بود. نمی‌دانست چه باید بگوید فقط با سر حرف‌های فروغ را تأیید کرد. فروغ به پشتش زد «خب خانوم کوچولو واسه امروز بسه. شتر دیدی ندیدی‌ها! هی ببینم مگه نمی‌خواستی پول‌دار بشی؟ کیف و کفش قرمز بخری؟ خب دارم راهو نشونت می‌دم دیگه، فقط عجله نکن! ترسو هم نباش! حالا پاشو برو تا بابات سر و کلش پیدا نشده.»

ربابه بلند شد و آهسته به طرف در رفت. زانوهایش می‌لرزیدند. چند بار نزدیک بود زمین بخورد. حلیمه خانم هنوز زیر چادر بود و انگار خوابش برده و صدای خروپفش بلند شده بود. به در نرسیده بود که فروغ چشمکی زد و گفت «امشب یه مشتری توپ دارم تا صبح باید پیشش باشم نمی‌خواد پشت پنجره بشینی، کشیک بکشی، راحت بخواب.»

گونه‌های ربابه از خجالت سرخ شدند. چیزی نگفت و از در بیرون زد. چند روز کارشان همین شده بود. فیلم نگاه کردن. از رنگ‌ها و شکل‌ها و آدم‌های جور واجور. ربابه تقریباً تمام حرکات زن‌ها را یاد گرفته بود و وقتی در اتاق‌شان تنها بود ادای آن‌ها را در می‌آورد. اوایل حتی از خودش هم خجالت می‌کشید اما کم‌کم عادت کرد و خجالتش ریخت.

فروغ دوباره ازش خواسته بود به اتاق‌شان برود. وقتی رفت، گفت «خب ببینم حالا دیگه تَرست ریخته؟»

خودش هم مطمئن نبود. مکث کرد و با ترس و لرز گفت «فکر کنم آره.»

«بهت گفته بودم کم‌کم عادت می‌کنی، ترس چیه؟ به این می‌گن زندگی! نه این آشغال‌دونی‌یی که ما توش زندگی می‌کنیم.»

ربابه حرفی برای گفتن نداشت. فروغ راست می‌گفت.

«یه فکری هم باید به حال اینا بکنیم.» فروغ در حالی‌که دست به کرک‌های تازه روییده‌ی صورت ربابه می‌کشید این‌ها را گفت

«ببینم مدرسه که نمی‌ری بهت گیر بدن؟»

«سه ساله که نمی‌رم.»

«خوبه، اصلاً درس چیه؟ تا کی می‌خوای درس بخونی تازه بعدم معلوم نیست چقدر کف دستت بذارن، یا یه بابایی پیدا می‌شه واسه حقوقت می‌گیرتت و آقا بالاسرت می‌شه، فردا می‌برمت پیش همون آرایشگر خودم بهش می‌گم یه بند ترو تمیز برات بندازه، این دفعه رو مهمون منـ.»

رنگ از روی ربابه پرید «پس بابام چی؟ به اون چی بگم؟»

«ببینم بابات با اون چشای باباغوریش که جلوی پاشم نمی‌تونه ببینه از کجا می‌خواد کرکای صورت تو رو ببینه‌ها؟»

راست می‌گفت. اصلاً یادش نبود که پدرش با عینک هم به زور جلوی پایش را می‌بیند. اصلاً به خاطر همین چشم‌هایش بود که هیچ جا بهش کار نمی‌دادند. چشم‌هایش داشتند روز به روز هم بدتر می‌شدند.

«خب رباب خانم حتماً تو بند و بساطت از سرخاب و سفیدابم خبری نیست درسته؟»

«سرخاب سفیداب؟»

«خب اشکال نداره فعلاً تا وقتی پول در نیاوردی یه کم از ماتیک و اینای خودم بهت می‌دم بعد خودت واسه خودت می‌خری یا اصلاً چرا بخری؟ خودت یاد می‌گیری چه طوری مجانی بگیری.»

بعد چشمکی زد و خندید. خنده‌ای از ته دل. فاتحانه. انگار یاد خاطره‌ای دور افتاده بود. سیگاری روشن کرد و کنار لبش گذاشت. هنوز بقایای خنده روی صورتش بود که گفت «خب حالا برو اون سر اتاق شروع کن به راه رفتن تا ببینم، همون طور که دیدی و بهت گفتم.»

ربابه جلوی در رفت و شروع کرد به قدم برداشتن و با هر قدم سعی می‌کرد کمی کمر و باسنش را به چپ و راست بچرخاند.

فروغ پک دیگری به سیگارش زد «خوبه ولی باید بهتر بشه، قدماتو خیلی گشاد برمی‌داری، ازاین به بعد تو خیابون باید همیشه این طوری راه بری، یادت باشه ما پولمونو از دست همون مردایی که تو خیابونن می‌گیریم. ده دور دیگه همین کارو بکن فقط با قدمای ریزتر، یه کمم بیشتر چیزی بخور تا پر و پات جون بگیرن.»

در باز شد و حلیمه خانم وارد شد. ربابه از دیدن او خجالت کشید و شتاب‌زده سلام کرد و سرش را پایین انداخت. مادر فروغ جوابش را داد و نگاهی به سر تا پای دختر انداخت. فروغ پرسید «مادر مسجد چطور بود؟» بعد با اشاره‌ی چشم به ربابه فهماند که کارش را بکند. مادرش جواب داد.

«خوب بود ننه، امروز تولد جوادالائمه بود تبرکی هم دادن.»

بعد مشتش را باز کرد و یک شکلات به فروغ و یکی هم به ربابه که سر جایش ایستاده بود، داد.

فروغ گفت «قبول باشه مادر، شروع کن رباب، از حرکت سر و گردنت یادت نره.»

پیرزن چادرش را روی پشتی انداخت و خودش به پستو خانه که شبیه گور بود رفت تا آنها راحت باشند.

یک ربعی گذشت و ربابه راه رفت تا این‌که فروغ گفت «خوبه، برا امروز بسه، می‌تونی بری خونتون، فقط یادت باشه چی گفتم، رفتی حموم زیر آب گرم حتماً ماساژشون بده.»

ربابه گره روسری‌اش را کمی محکم کرد و گفت «چشم.» و به طرف در رفت اما هنوز پا به بیرون نگذاشته بود که فروغ بلند گفت «لااقل ده دقیقه شنفتی؟»

انگار از خوابی دور می‌آمد و فراموش کرده بود برای چه کاری از خانه بیرون آمده است؟ ایستاد و به اطرافش نگاه کرد به خیالش رسید پنج یا شش چهار راه را باید رد کرده باشد. چشمش به تابلوی بانک افتاد. کمی رنگ و روی تابلو پریده‌تر از سال‌ها قبل شده بود. فکر کرد شاید اشتباه کرده است اما نه درست همین بانک بود. سال‌ها مشتری همین جا بود. مگر می‌شد رئیس این بانک، مردی که هیچ‌وقت

نتوانست به دستش بیاورد، را فراموش کرد؟ خیلی تلاش کرد اما فایده‌ای نداشت. آدم زیاد خاصی نبود ولی بی‌اعتناییش به ستاره برایش معما شده بود و یک جور شرط بندی با خودش بود که دست آخر هم شرط را به خودش باخت...

اول برج بود و داخل بانک شلوغ، ستاره نشسته و منتظر نوبتش بود. نگاه خریدار و هیز یکی از کارکنان بانک اذیتش می‌کرد. آن روز اصلاً حال و حوصله‌ی این مزاحم را نداشت. می‌شناختش، هر بار که می‌آمد سعی می‌کرد کارِ ستاره را زودتر از بقیه راه بیندازد. شاید هنوز هم امیدوار بود که با او ارزان‌تر حساب کند. ولی ستاره از مردهای خسیس بدش می‌آمد و خساست از سر تا پای این آدم می‌ریخت. به همین خاطر هیچ‌وقت به او رو نداده بود. اما برعکس او رئیسش، خیلی مرد دست و دلبازی دیده می‌شد. درست جایی نشسته بود که در دیدرس رئیس باشد و زیر چشمی حرکات دست و صورتش را می‌پایید. ولی او انگار اصلاً ستاره را نمی‌دید و سرش به کار خودش بود. بالاخره بعد از نیم ساعت انتظار نوبتش شد. جلوی باجه‌ی چهار نشست که متصدی خانمی داشت. کارمند زن نگاه تند و تیزی به ستاره کرد و نگاهش روی ابروهای تازه تتو شده‌ی ستاره که ورم کرده و پر از روغن بود، سر خورد. ستاره دفترچه را هل داد جلوی متصدی بانک و گفت «من یه حساب بلند مدت دارم ولی این ماه سود پول کلی پایین اومده.»

کارمند دفترچه را برداشت و مشخصات را توی سیستم زد و همان‌طور که نگاهش به کامپیوتر بود گفت «بله سود بانکی کم شده خانم قوزجانی، البته یه حساب دیگه‌ای هم داریم که سودش بیشتره اگه خواستین می‌تونیم تعدیلیه بزنیم و حسابتونو به اون حساب عوض کنیم.»

ستاره سرش را نزدیک برد و پرسید «تفاوت سودش با این حساب چقدر می‌شه؟»

کارمند بانک دوباره توی سیستم زد و گفت «برای مبلغی که شما دارین زیاد می‌شه، حدود هشتصد تومن.»

«پس تعدیلیه بزنین.»

کارمند چیزی روی برگه نوشت و دست ستاره داد «ببرین پیش آقای رئیس تا امضا کنن، من هم کارای افتتاح حساب رو انجام می‌دم.»

ستاره از خدا خواسته بلند شد و طوری از وسط بانک رد شد که نگاه مردهایی که آنجا نشسته بودند را پشت سرش حس کرد و کلی ته دلش خوش‌حال شد و آرزو کرد که آقای رئیس هم نگاهش کند.

به میز رئیس که مردی بلند قامت، میان‌سال و گندم‌گون بود، رسید و برگه را جلویش گذاشت. او نگاهی از بالای عینکش به ستاره کرد و برگه را از دستش گرفت. ستاره منتظر سؤالی نماند و خودش زودتر گفت «می‌خوام نوع حسابمو تغییر بدم. اون خانم گفتن شما باید امضا کنین.»

رئیس برگه را نگاه کرد و در حال خواندن برگه گفت «خانمِ... ربابه قوزجانی درسته؟»

ستاره کمی از لحن صحبت رئیس دل‌گیر شد. حس کرد لحن صحبتش خالی از کنایه و تمسخر نبود. جواب داد «بله.» و تازه یادش آمد که کارت شناسایی نشان نداده، سریع زیپ کیفش را باز و کارت ملی‌اش را روی میز گذاشت و سعی کرد به خودش مسلط شود و دل‌خوری‌اش از صحبت رئیس باعث نشود نتواند خوب نقش بازی کند. رئیس همان‌طور از بالای عینکش نگاهی به کارت ملی و سپس برگه‌ی توی دستش و بعد صورت ستاره انداخت و برگه را امضا کرد. ستاره چشمش به انگشتان کشیده و بلند رئیس افتاد و با خودش فکر کرد اگر رئیس بانک نمی‌شد حتماً پیانیست خوبی می‌شد و همان‌طور که داشت او را در خلوتش مجسم می‌کرد، برگه و کارت ملی را از دستش گرفت. لبخندی زد. پیچ و تابی به سر و گردنش داد و به سمت باجه‌ی چهار رفت.

چند ماه بعد که دوباره به بانک رفت، پشت میز ریاست شخص دیگری نشسته بود و دیگر هیچ‌وقت رئیس را ندید. بازنشست شده بود یا به جای دیگری منتقل شده بود، نمی‌دانست.

ششم

هنوز ایستاده و به تابلو نگاه می‌کرد. چند رهگذر چپ چپ نگاهش کردند. ایستادن بیشتر درست نبود. اصلاً حال و حوصله‌ی این مشتری‌های دوزاری را نداشت. به راهش ادامه داد. باد سردی شروع به وزیدن کرد و برگ‌های زرد و خشک پاییزی را روی سطح زمین به رقص در آورد. آسمان گرفته بود و خیال باریدن داشت. یقه‌ی بارانی‌اش را کمی بالا آورد تا باد به گردنش شلاق نزند. در جریان رودخانه‌ای گل‌آلود افتاده بود که مدام به تخته سنگ‌ها می‌خورد و از هم می‌پاشید و در جایی کمی دورتر تکه‌های پاشیده‌اش به هم وصل می‌شدند و دوباره جریان رودخانه با خودش می‌بردش و قصه تکرار می‌شد. به ابرهای سنگین آسمان نگاه کرد. آن روز تابستان بود ولی حالا پاییز، اما آسمان امروز درست مثل آسمان آن روز بود فقط آنجا هوا گرم و حالا سرد بود ...

هوای اتاق دم کرده بود. بیرون هم حال و هوای بهتری نداشت. انگار آسمان دلش پر بود و حال گریه داشت ولی چرا اشک هایش را قورت می‌داد؟ چرا دلتنگی‌اش را نمی‌بارید بر سر مردمان خسته و تنها؟

پنکه با صدای بلندی ناله‌کنان می‌چرخید و بیشتر هوای کشنده و دلگیر را به سر و صورت فروغ و ستاره می‌زد. شاید او هم خستگی و دق دلیش را این‌گونه خالی می‌کرد.

هر دو سر بر روی یک بالش گذاشته و به سقف خیره شده بودند و هر دو به یک چیز فکر می‌کردند. حالا دیگر ستاره آن دخترک لاغر و استخوانی نبود. آب زیر پوستش دویده بود و یک پرده‌گوشت گرفته بود. قدش چیزی از فروغ کم نداشت و کنارش که می‌ایستاد هم شانه‌اش می‌شد. فروغ کف پای راستش را روی زمین گذاشته بود و پای چپش را روی آن انداخته بود و همان طور که به پوسته‌های ریخته‌ی سقفِ دوده زده‌ی اتاق‌شان خیره مانده بود گفت «باید یه فکر اساسی بکنیم.»

«می‌گی چی کار کنیم؟ کاری از دستمون بر نمیاد.»

«این طوری که نمی‌شه.»

بعد شروع به تکان دادن پاهایش کرد و ادامه داد «تو هنوز دو ساله داری پیشش کار می‌کنی ولی من بیشتر از هشت ساله اونجام، پدرم در اومده اون وقت فقط می‌تونم خرج رخت و لباسمو در بیارم و به زور شیکم خودمو ننمو سیر کنم.»

«مگه چاره‌ی دیگه‌ای هم داریم؟»

«باید خودمون مشتری جور کنیم. باید با همینایی که هستیم ساخت و پاخت کنیم ازشون کمتر بگیریم ولی مستقیم بیان پیش خودمون.»

بعد ساکت شد و فکرش به جاهای دوری رفت و بلند افکارش را بر زبان آورد «ببین زرین خاتون چه دم و دستگاهی به هم زده، چه خونه و زندگی‌ای داره! اگه دیر بجنبیم آخرش باید مثل خاله رعنا کلفتی‌شو بکنیم، اونم تازه اگه لطف کنه نگه‌مون داره.»

بعد گردنش را چرخاند و دست ستاره را که داشت ناخن‌هایش را می‌جوید و همچنان در حرف‌های فروغ مانده بود؛ از دهانش بیرون کشید «نخور این لا مصبا رو، برات کلپوره می‌مالم‌ها.»

ستاره گفت «من می‌گم بیا دیگه نریم پیشش.»

«دیوونه‌ای یا خودتو به دیوونگی زدی؟ ازمون سفته داره.»

«پس می‌گی چی کار کنیم؟»

«باید یه خرده پول جمع کنیم، بعد راضیش کنیم سفته‌ها رو بهمون بده.»

«اگه نداد چی؟»

«چه می‌دونم باید یه دروغی سر هم کنیم، مثلاً بگیم برامون خواستگار پیدا شده، می‌خوایم عروس بشیم، چه می‌دونم از این جور حرفا.»

ستاره دستش را گذاشت زیر سرش و خودش را به طرف فروغ یک‌وری کرد «شایدم شدیم!»

«من می‌گم دیوونه‌ای‌ها! یا دلت خیلی خوشه، کی میاد ما رو بگیره؟»

ستاره دوباره به پشت خوابید. فروغ راست می‌گفت با این اوضاع و احوال چه خیالات خامی برش داشته بود.

فروغ دوباره به حرف آمد «ولی واقعاً تا دیر نشده و جوونی‌مون به باد نرفته باید یه فکری بر داریم، چشم به هم بزنیم پیر شدیم، اون‌وقت هیچی نداریم هنوزم هشت‌مون گروی نُه‌مونِه.»

«می‌گم بیا یه کار دیگه شروع کنیم تا بتونیم پول سفته‌ها رو جور کنیم.»

«مثلاً چه کاری؟ ما که کاری بلد نیستیم. بعدم باید همی‌شه آماده و گوش به زنگ باشیم که هر وقت زرین خاتون گفت حاضر باشیم.»

«پس بیا دیگه چیزی نخریم، از همین پولایی که از خودش می‌گیریم جمع کنیم.»

«اینم فکر خوبیه، آره باید تا جایی که می‌شه پس انداز کنیم یا مجانی بگیریم.» بعد خنده‌ی اغواگرانه‌ای کرد.

ستاره گفت «راستی چند وقته بابام گیر داده توکه این قد کلاس خیاطی می‌ری چرا تا حالا چیزی واسه خودت ندوختی یا چرا مشتری نداری؟»

«بهش بگو هنوز شاگردم، اوستا که نیستم خودم بتونم بدوزم.»

«فکر کنم داره شک می‌کنه، می‌گم... نکنه همسایه‌ها از چیزی خبر دار شدن، بهش گفته باشن؟ تو چی فکر می‌کنی؟»

«هه، فکر می‌کنی نمی‌دونن کرایه‌ی این اتاقا و پول تریاک ننه بابامون از کجا میاد؟ اونا فقط پول می‌خوان.»

«بابام اگه بفهمه حتماً دق می‌کنه.»

«هر چقدر ننه‌ی من دق کرد بابای توام دق می‌کنه، بی‌خیال بابا شایدم تریاکشو بکشه و عین خیالشم نباشه.»

ستاره خواست بگوید بابای من از وقتی امیدش واسه پیدا کردن کار ناامید شد و چشماش روز به روز کم نورتر، شروع کرد به کشیدن. واسه فراموش کردن مرگ مادرم و سکینه ؛نه از سر کیف و خوشی.

ولی سکوت کرد و چیزی نگفت.

آدم معتاد، معتاد بود، حالا به هر دلیلی که خودش می‌دانست که پا به این راه گذاشته.

ستاره در خیال بافی‌های خودش بود که فروغ دوباره گفت «یه مشکل دیگه هم هس.»

«چی؟»

«اگه قرار باشه پیشه زرین خاتون کار نکنیم اون وقت مشتریامونو کجا ببریم؟»

«آره فکر اینجاشو نکرده بودیم.»

فروغ آدامسش راکمی در دهانش چرخاند و چند بار بادش کرد و انگار تازه یاد موضوع مهمی افتاده باشد گفت «باید یه فکری برداریم، حتماً یه راهی هس.»

«خب... چرا ما نریم پیششون؟»

«یه چیزی می‌گی‌ها! همه‌ی مشتریا که جا ندارن.»

ستاره دکمه‌ی بالایی لباسش را باز و بسته و به حرفای فروغ فکر کرد، چیزی به ذهنش رسید «چرا خودمون خونه نگیریم؟»

«خودمون؟ خل شدی؟ چطوری؟»

«ببین مگه اینجا اجاره نمی‌دیم، مگه کلی از پولامونم زرین خاتون برنمی‌داره؟»

«خب؟»

«ننه‌ی تو که همه چیزو می‌دونه اگه تو با ننت یه جایی رو بگیری منم سهم خودمو می‌دم.»

«برای اجاره کردن یه جایی که بشه توش مشتری برد کلی پول لازم داریم.»

«تا یه سال دیگه جورش می‌کنیم.»

فروغ بلند شد سر جایش نشست. موهای آشفته و بورش روی شانه‌هایش ریخته بود. با دست موها را بالای سرش برد و باگیره‌ای پشت سرش جمع کرد. نوک انگشتانش از عرق پشت گردنش خیس شدند «ببین راستش... یه مردِ هست از مشتریامه... چند وقته پیله‌م کرده که برام خونه بگیره فقط می‌خواد که صیغه‌اش بشم.»

«این که خوبه، خب بشو.»

«خب این‌طوری نمی‌تونم واسه خودم کار کنم، باید فقط با اون باشم. نه این فکر شدنی نیست اصلاً ولش کن.»

«چرا زنش نمی‌شی؟»

«فقط می‌خواد صیغه‌اش بشم، خودش زن و بچه داره.»

«یعنی راضی نمی‌شه بگیردت؟»

«یادت رفت چی بهت گفتم؟ کسی ما رو نمی‌گیره این یادت باشه.»

«ولی غیر ممکن نیست.»

«فرض کن یه بابایی پیدا شد، این کارو کرد. فکر می‌کنی بعدش چی می‌شه؟

بعدِ یه مدت شروع می‌کنه به بهانه‌گرفتن و مدام‌گذشتتو تو سرت می‌زنه، بعدم
ولت می‌کنه.»

فروغ راست می‌گفت. ستاره هنوز به سن و سالی نرسیده بود که تجربه‌ی او را
داشته باشد. خوب که به حرف‌های فروغ فکر می‌کرد، به این نتیجه می‌رسید که
اصلاً بهتر است لباس رویایی عروسی را که هر دختری در صندوق خانه‌ی ذهنش
دارد و به وقتش بیرون می‌آوردش را هیچ‌وقت بیرون نیاورد، بگذارد همان‌جا در
صندوق خانه بماند و بپوسد و خوراک موش‌ها شود. شاید سرنوشتش چیزی جز
این نبوده.

چند قطره باران روی بینی و گونه‌هایش ریختند. نگاهی به آسمان انداخت.
دلش می‌خواست آن بالا باشد. شاید از آن بالا دنیا زیباتر دیده می‌شد و شب‌ها که
همه خواب بودند سری به زمین می‌زد. ولی نه، برای چه باید به زمین می‌آمد؟
دیدن آدم‌ها که لذتی نداشت. آدم‌هایی که هیچ‌کدام نه دلبسته‌اش بودند نه مالِ
او، آدم‌هایی که خود در جزر و مد بودند. از آدم‌ها خسته بود. از آدم بودن خودش
هم. دست‌هایش را زیر بغلش جمع کرد و راه افتاد. همین باعث شد کمی از سرعت
راه رفتنش کم شود. پاهایش انگار او را نه به جلو، بلکه به پشت، به جایی آن دورها
می‌بردند. از مردی یادش آمد که شبی با او بود...

مرد که کمی موهای سرش کنار رفته بودند و تاسی سرش دیده می‌شد؛ با حالتی
معترض روی تخت نیم‌خیز نشست. ستاره از لبه‌ی تخت بلند شد و ملافه‌ای را که
دور خودش پیچیده بود باز و به گوشه‌ای پرت کرد. لباس زیرش را از روی میز کنار
تخت برداشت و مشغول بستنش شد. نگاه سنگین و معترض مرد را روی خودش
حس کرد اما بی‌اعتنا کارش را ادامه داد.

مرد گفت «نزدیک پنجره نرو، دیده می‌شی.»

«چرا پرده ش نمی‌کنی؟»

مرد اخم‌هایش را در هم و دستی به سبیل‌هایش کشید «همش همین بود؟»

ستاره که داشت زیپ شلوارش را می‌بست گفت «مگه قرار بوده بری مریخ؟»
مرد غرغری زیر لب کرد و بلند شد لبه‌ی تخت نشست. هیچ تلاشی برای
پوشاندن خودش نکرد و با همان وضعی که شکم چاقش روی ران‌هایش افتاده
بود، دست‌هایش را روی ران‌هایش گذاشت و به ستاره نگاه کرد «مثلاً تو یکی از
گرون‌ترین زنای پولی این شهری!» ستاره بدون این‌که توجهی به او کند به سمت
کیفش رفت و گفت «لابد حمام درست و حسابی‌ام اینجا نداری؟»

«یه دوش توی توالت هست،... امشب می‌مونی؟»
ستاره برگشت و با عشوه‌ی مخصوص خودش به ساعت مچی‌اش اشاره کرد و
گفت «دو ساعتت تموم شده پسر خوب.»

«حالا می‌موندی چی می‌شد؟ تو که پولشو گرفتی.»
ستاره آینه‌ی کوچک جیبی‌اش را جلوی صورتش گرفته بود و رژلبش را محکم
روی لب‌هایش کشید و گفت «تو که ناراضی بودی، بمونم واسه‌ی چی؟»

مرد بلند شد و شروع کرد به پوشیدن لباس‌هایش.
«انتظارم بیشتر از اینا بود، تعریفتو زیاد شنیده بودم.»

ستاره پوزخندی زد و لب‌های سرخابی‌اش را کمی غنچه کرد «اوهوم... پس آقا
می‌خواستن برن فضا ولی الان روی زمینن واسه همین ناراحتن، نه جونم شما
زیادی پیر شدی!» بعد خندید.

«نه منظورم اینه که... با تو خونه که فرقی نداشت.»
«ببینم فکر می‌کنم دفه‌ی اولته عمو... این کاره نیستی.»
«نه برعکس... ولی خب، آخه تعریف تو رو خیلی شنیده بودم گفتم شاید با
بقیه فرق کنی.»

«نه، معلومه یا اونایی که ازم تعریف کردن خیلی ندید بدید بودن یا یکی از اون
خوباشو تو خونه داری ولی خودت خبر نداری، واسه همین تَوَقُّت بالا رفته.»
«حالا واقعاً نمی‌مونی؟»

«نه عمو باید برم استراحت کنم، تو هم برو به امورات زن و زندگیت برس!»

«نیستن، رفتن سفر.»

«اُه، چه مرد نازنینی! چه خوب و وظیفه شناس!»

خندید. بلند و عشوه گر. به نظر رسید مرد کمی دل خور شد اما چیزی نگفت.

ستاره گفت «زنگ بزن یه آژانس برام بیاد.»

«خودم می‌رسونمت.»

ستاره سری به علامت تأیید تکان داد و مشغول جمع کردن وسایلش شد. مرد به دستشویی رفت. ستاره کیفش را توی بغلش گرفت و روی صندلی نشست و سیگاری روشن کرد. نگاهی به دورو بر اتاق انداخت. تازه متوجه اوضاع و احوال اتاق شده بود. یک تخت خواب و یک میزکوچک کنار تخت. پنجره‌ای که پرده نداشت و فقط با یک ملافه پوشیده شده بود. یک سطل آشغال و جعبه‌ی دستمال کاغذی، یک تلویزیون کوچک و دستگاه پخش و چند سی‌دی اطراف تلویزیون و صندلی‌ای که رویش نشسته بود، همین.

مرد از دستشویی بیرون آمد و با دست مرطوبش موهای سرش را مرتب کرد و سعی داشت موهایش را روی قسمت خالی فرق سرش بخواباند.

ستاره گفت «بهتر نیست به اوضاع اینجا یه کم بیشتر برسی؟»

«همین جوری خوبه.»

ستاره به آشغال‌های گوشه وکنار اتاق اشاره کرد وگفت «لااقل یکی رو بیار اینجا رو تمیزکنه.»

«اینجا همیشه درش قفله، خودم باید این کارو بکنم منم که وقت ندارم.»

«من اگه می‌دونستم اینجا این‌طوریه اصلاً پامو نمی‌ذاشتم.»

مرد شنید یا نه، پاسخی نداد.

ستاره ته سیگارش را روی دستمال کاغذی مچاله‌ای فشار داد و خاموش کرد. از اتاق بیرون آمدند. وارد اتاق دیگری شدند که میز منشی با یک کامپیوتر و چند

صندلی درگوشه‌ی اتاق قرار داشت که موقع آمدن اصلاً به آن‌ها توجه نکرده بود. دو در دیگر هم به آن اتاق باز می‌شدند که هر دو بسته بودند.

از در شرکت بیرون رفتند. مرد چند بار داخل راهرو را نگاه کرد تا مطمئن شود کسی داخل راهرو نیست. سوار آسانسور شدند و به پارکینگ رفتند. سوار ماشین شدند. چراغ اتاقک نگهبانی روشن بود. ستاره گمان کرد لابد نگهبان خواب است یا خودش را به خواب زده. مرد کنترل در را از جلوی ماشین برداشت و خودش درِ پارکینگ را بازکرد و خارج شدند.

ستاره گفت «منو همون جایی که سوار شدم پیاده کن.»

«ولی خیلی گرون حساب کردی، ببینم با همه این‌جوری حساب می‌کنی؟»

ستاره آدامسش را کمی توی دهانش چرخاند «هر کسی یه قیمتی داره آقا مهندس! ولی معلومه تو با پول خرج کردن مشکل داری.»

هفتم

شدت باران بیشتر شده بود ولی نه آن‌طور که نشود راه رفت، ریزش قطرات باران روی صورتش حالش را جا می‌آورد و باعث می‌شد کمی از غم و کسالت روزهای گذشته به خصوص شب پیش را بشوید. صدای خنده‌های بلند زنی از داخل آپارتمان، شاید، از طبقه‌ی دوم یا سوم سر جا میخ‌کوبش کرد. برگشت دور و برش را نگاه کرد. چقدر شبیه او بود؟ مگر می‌شود! یک لحظه خیال کرد فروغ پشت سرش است و دارد بلند می‌خندد. از همان خنده‌هایی که دل همه را آب می‌کرد، دلش برای فروغ و خنده‌هایش تنگ شده بود...

فروغ ساک بزرگی در دستش بود و از همیشه کمتر آرایش کرده بود، بی‌توجه به نگاه همسایه‌ها که هر کدام کنار حوض یا گوشه و کنار حیاط کاری انجام می‌دادند، در حیاط را بستند و وارد کوچه‌ی باریکی که دو طرفش خانه‌های محقر و کوچکی

بود شدند.

فروغ گفت «ببینم به بابات چی گفتی؟»

ربابه گفت «گفتم با فروغ می‌رم کلاس خیاطی.»

«نگفت پولشو از کجا آوردی؟»

«گفتم دوستِ فروغه به عوضش قراره کارای خیاط خونه رو انجام بدم.»

فروغ خنده‌ی بلندی کرد و چشمکی زد «خوبه، معلومه یه چیزایی بلدی دختر، آفرین! برا امشب چه بهونه‌ای آوردی؟»

«گفتم شاید کارم طول بکشه راهم دوره به اتوبوسا نمی‌رسم همون جا تو خیاط خونه می‌خوابم.»

«چطور بابات راضی شد کار کنی؟»

«چند وقتِ گیر موادشه، الان از خداشه کار کنم براش پول ببرم.»

«درست مث ننه‌ی من... ببین تو این ساک یه دست لباس تر و تمیز برات گذاشتم، از لباسای خودمه کوچیکم شده، شاید به دردت بخوره، رسیدیم اون جا باید یه‌کم به سر و صورتت برسم تا رنگ و لعاب بگیری.»

«فروغ خانوم!...»

«چیه؟ منو نیگا! ترسیدی؟ سرتو بگیر بالا، خیلی‌ها آرزوشونه جای تو باشن.»

چانه‌ی ربابه را گرفت و بالا کشید «آره، نکنه ترسیدی؟»

«نه قضیه این نیست... فکر می‌کنین از پسش بر بیام؟»

«چرا نتونی؟ تو اولین نفر که نیستی، امشب شاید برات یه‌کم سخت باشه ولی بعد عادت می‌کنی... تازه چی خیال کردی، خیلی که رو بابات زور بیاد، همین امروز فردا عروست می‌کنه، اون وقت باید هم اینا رو بکشی هم حرف زور بشنوی، شوهرت یه تیکه نون جلوت بندازه ولی در عوض صد تا تو سرت بزنه هر سالم یه شکم براش بزایی تا جونت بالا بیاد ولی لااقل اینا مث آدم باهات رفتار می‌کنن، حالا خودت می‌بینی.»

حرف‌های فروغ کمی آرامش کرد. کوچه‌ی دل‌گیر را تمام کردند. به خیابان اصلی رسیدند. سر خیابان منتظر تاکسی ایستادند. چند نفری ازکنارشان رد شدند و چیزهایی گفتند که ربابه سر در نیاورد. دو سه مرتبه هم ماشین‌هایی جلوی پای‌شان ترمز زدند. فروغ گاهی زیر لب چیزهایی می‌گفت «برو ردِ کارت، مالِ این حرفا نیستی.»، «خودتو ماشینت رو همدیگه چند؟»... گاهی هم خنده‌ای یا چشمکی می‌زد ولی سوار نشدند.

تاکسی زردی از راه رسید. در بست گرفتند و سوارشدند. از آخرین دفعه‌ای که ربابه سوار ماشین شده بود خیلی وقت می‌گذشت. از دیدن خیابان‌ها و مغازه‌های گوناگون و رنگارنگ که هنوز یکی در میان بازکرده بودند حسابی ذوق کرد ولی تا یادش می‌آمد برای چه کاری راهی هست، وحشت سراپایش را می‌گرفت و ذوقش کور می‌شد.

بعد ازگذشتن ازکلی خیابان و چراغ قرمز بالاخره رسیدند. فروغ تا مقصد با راننده تاکسی گفت و خندید. راننده پول نگرفت. به سمت خانه‌ای بزرگ در انتهای یک کوچه که دو طرفش دیوارهای بلند یک باغ بود، رفتند. خانه دو در داشت. یک در بزرگ ماشین رو و یک در کوچک. فروغ زنگ زد. صدای بلندی در حیاط خانه پیچید که تا کوچه هم می‌آمد. بعد از چند لحظه مردی که قیچی باغبانی دستش بود جلوی درِ کوچک ظاهر شد و با گفتن سلام فروغ خانم، ربابه فهمید که فروغ را کاملاً می‌شناسد. وارد شدند. حیاط از دو طرف با باغچه‌های پرگل پوشیده شده بود، دو ماشین در حیاط پارک بودند. فروغ و ربابه آهسته ازکنار ماشین‌ها به سمت پله‌های مَرمَر سفید رفتند. جلوی در که رسیدند ربابه خواست کفش‌هایش را در آورد. فروغ آرنجش را به پهلوی او زد و زیر لب گفت «همین‌طوری بیا تو.»

هر دو باکفش وارد شدند. خانه‌ی زیبایی بود که ربابه فقط در فیلم‌ها دیده بود، آن هم نه به این زیبایی و رنگارنگی، هر چه دیده بود سیاه و سفید بود. دو طرف سالن مبل‌هایی با سرِ قو چیده شده بود. آباژورهایی درست هم قد ربابه

در چند گوشه‌ی سالن بود و یک فرش خیلی بزرگ. خیلی بزرگ‌تر از فرش‌هایی که دیده بود؛ وسط سالن پهن بود. سمت راست یک آشپزخانه بود که پیرزنی در آن مشغول کار بود.

فروغ بلند گفت «سلام خاله رعنا.»

پیرزن که تازه متوجه آنها شده بود، برگشت و با صدای بلندی گفت «سلام به روی ماهت دخترگلم.»

بعد نگاهی به ربابه انداخت و ادامه داد «به به، تازه واردم که داریم!»

ربابه با تعجب دید این پیرزن با تمام پیرزن‌هایی که تا به حال دیده، فرق دارد و آرایش غلیظی دارد و ناخن‌هایش لاک زده است. فروغ لبخندی به روی پیرزن زد «چطوری خاله رعنا؟» سپس سری تکان داد و دست ربابه را به سمت اتاقی در انتهای سالن کشید که درش بسته بود. پشت در ایستادند. چند ضربه به در زد. بعد از کمی صدای زنی از داخل اتاق بلند شد «بیا تو.»

فروغ در را باز کرد و ربابه را با خودش به داخل کشید. دود سیگار همه‌ی اتاق را پر کرده بود. ربابه به سرفه افتاد. کمی خجالت کشید. همیشه پدرش سیگار می‌کشید ولی نفهمید چرا این بار این قدر دود اذیتش کرد؟

زنی چهل و چند ساله یا شاید هم بیشتر، پشت میز مستطیل شکل چوبی نشسته بود و برگه‌هایی جلویش بودند. روی بعضی‌های‌شان چیزی می‌نوشت یا علامتی می‌زد. کنار دستش یک کامپیوتر بود که ربابه بارها در فیلم‌ها از این کامپیوترها دیده بود. کمی آن طرف‌تر یک آلبوم عکس که باز بود دیده می‌شد، ربابه از آن فاصله تصویر محو دو زن بدون لباس را در آلبوم دید.

فروغ به زنی که پشت میز نشسته بود گفت «اینم تازه واردی که قبلاً باهاتون صحبتشو کرده بودم.»

زن پک محکمی به سیگارش زد و چهره‌اش پشت دود سفید محو شد. از پشت دود نگاهی به سر تا پای ربابه انداخت «گفتی چند سالشه؟»

فروغ بعد از مکثی کوتاه گفت «چهارده سالش تمومه، زرین خاتون.»

زن که حالا ربابه فهمیده بود اسمش چیست، سری تکان داد و ته سیگارش را به زور در کنار بقیه‌ی ته سیگارها جا داد.

جا سیگاری فرشته‌ای بود کریستالی که ته سیگارها را بر پشتش حمل می‌کرد.

«هنوز خیلی کوچیکه، این جور آدما مشتری خاص خودشونو دارن، می‌دونی که شاید زیاد طرف‌دار نداشته باشن... گفتی عادتم می‌شه؟»

«هنوز که نشده.»

«خوبه، ولی باید مراقب باشه، چیزایی که لازمِ باید بهش بگی.»

«بله یه چیزایی بهش گفتم.»

زن دوباره سرش را تکان داد. از پشت میز بلند شد. چند رشته مروارید به هم تابیده دور گردنش بودند که با هر قدمی‌که بر می‌داشت روی سینه‌های بزرگ و برجسته‌اش می‌ریختند و به چپ و راست تاب می‌خوردند. ربابه محو دانه‌های درشت مروارید شده بود و چقدر دلش همیشه از این گردنبندها می‌خواست. زرین خاتون نزدیک‌تر آمد. به ربابه نزدیک شد. با انگشت‌اشاره‌اش روی گونه‌ی ربابه کشید «ببینم دخترم واسه‌ی امشب آماده‌ای؟»

انگار کسی با چنگال‌های تیزش دستش راگرفت و از دنیای مرواریدها بیرونش کشید. نگاهش را از چشمان ریز و پفکی زرین خاتون گرفت و به فروغ دوخت. او با لبخندش بهش فهماند که نگران نباشد و تأیید کند.

این بار با نگاهی وحشت‌زده به زرین خاتون که بالای سرش ایستاده بود و یک سر و گردن از او بلندتر بود چشم دوخت و به زور گفت «آماده‌ام، همه چیزو فروغ خانوم بهم گفته.»

زن به سمت میزش رفت. خم شد و کشو را جلو کشید. دانه‌های مروارید رقص‌کنان به میز خوردند و صدا دادند. یک برگه از داخل کشو بیرون کشید و روی میز گذاشت. ربابه چشمش روی انگشترهای درشت زرین خاتون که از نگین‌های رنگی

برق می‌زدند، ماند. زن گفت «خوبه، حالا این قرارداد و باید امضا کنی.»

ربابه که نمی‌دانست او از چه حرف می‌زند، اصلاً با او دارد صحبت می‌کند یا فروغ؟ کمی گیج شد. فروغ دست‌پاچه گفت «زرین خاتون! درباره‌ی اینا هنوز باهاش صحبت نکردم گفتم بیایم اینجا خودش می‌فهمه، دختر بی‌راهی نیست.»

زن دستی توی موهای بلوندش کشید و فرِنوک موهایش را کمی مرتب کرد و به جایی پشت پنجره نگاه کرد که دو مرد و یک زن وارد حیاط می‌شدند و گفت «پس اگه قبوله امضا کنین تا بریم سر قرار که خیلی کار داریم.» بعد ناگهان مثل این‌که از چیزی یادش آمده باشد دوباره گفت «سفته که آوردین؟»

فروغ کیفش را کمی بالا گرفت «بله اینجاس.» و رو به ربابه کرد و ادامه داد «ببین از کل قرارداد یعنی پولی که هر نفر می‌ده شصت درصدش مال زرین خاتون هس، ده تا من، سی تا تو، قبولِ دیگه؟»

ربابه که اصلاً نمی‌دانست این آمار و ارقام که می‌شنود چیست و چقدر می‌شوند و پولی که در نهایت دستش را می‌گیرد چه قدر است؟ با صدایی ضعیف گفت «باشه.»

«پس بیا جلو امضا کن.» این را زن گفت که حالا داشت سیگار دیگری می‌کشید.

«بلد نیستم.»

فروغ بازوی ربابه را گرفت و به سمت میز زن کشیدش «مهم نیست، یک خط بکش، بعدم انگشت بزن، امضا اصلی رو من می‌کنم.» نگاه ربابه بین صورت زرین خاتون و فروغ لغزان ماند.

وارد اتاقی در طبقه‌ی بالای همان ساختمان شدند، فروغ در کمدی را باز کرد، لباس خواب‌های رنگارنگ زیادی داخل کمد بود. فروغ یکی‌یکی درشان می‌آورد و به تن ربابه اندازه می‌گرفت اما همگی بزرگ بودند. فروغ زیر لب غرغر می‌کرد و مدام از لاغری بیش از حد ربابه شکایت داشت و می‌گفت که باید بیشتر غذا بخورد و چاق‌تر شود. بالاخره یک لباس یاسی رنگ و مناسب پیدا کرد. ربابه لباس را پوشید

و پشت میز آرایش نشست. فروغ دستی به صورت و موهای ربابه کشید و دوباره گوش‌زد کرد «مشتری‌های اینجا خاص هستن و خوب پول می‌دن، حواستو خوب جمع کن، مباداکارو خراب کنی؟ بهت چی گفتم؟ شاید یه کم درد داشته باشی ولی باید تحمل کنی. اون بابا نمیاد نازتو بکشه، عاشق چشم و ابروتم نیس، پول داده، انتظارم داره، قبلش حتماً اون مسکنی که بهت دادمو بخوری،... راستی چقدر این لباس بهت میاد! چقدر خوشگل شدی! درست مثل عروسک شدی! نه مثل عروس شدی، انگار امشب عروسیته!»

ربابه از حرف‌های فروغ خوش‌حال شد. اما ترسیده بود. دلش می‌خواست با همان وضع فرار کند و به خانه برگردد و کنار پدر نیمه‌کورش در اتاق دود زده‌شان بنشیند و از بی‌کاری تا صبح صدای جیرجیرک‌ها را دنبال کند یا پشت پنجره به انتظار آمدنِ فروغ بنشیند. دلش می‌خواست یک گوشه بنشیند و انگشتانش را مک بزند و ناخن‌هایش را بجود. اما فکر داشتن چیزهای خوشگل و رنگارنگ و زندگی مثل یک شاهزاده خانم؛ ترسش را تمام می‌کرد. باید هر طور شده بود انجامش می‌داد.

فروغ گفت «نترس! شبِ اوله، همه مثل تو بودن، کم‌کم عادت می‌کنی.» انگار فروغ فکرش را خوانده بود.

هوا دیگر تاریک شده بود. نیم ساعتی می‌شد که فروغ رفته بود. مشتری داشت و باید می‌رفت. ربابه لبه‌ی تخت نشسته بود و به نور زرد رنگ چراغ خواب خیره شده و در انتظار چیزی که نمی‌دانست بود. دقایقی گذشت. در باز شد. مردی بلند قامت و استخوانی با موهای خاکستری و چشمانی براق در چهارچوب در ظاهر شد. استخوان‌های صورتش از دو طرف بیرون زده بودند و در نگاه اول ربابه گمان کرد لب‌های مرد از زیر سبیل‌هایش به او می‌خندند.

صبح که چشم باز کرد نمی‌دانست کیست یا کجاست؟ خودش را فراموش کرده بود، گم شده بود در آن همه کابوس و درد وحشتناک. کمی از این شانه به آن

شانه شد. از این‌که چه‌طور یک دختر یک شبه از دنیای کودکی‌اش بیرون کشیده می‌شود و با سرعت نور به بزرگ‌سالی پرتاب می‌شود وحشت کرده بود. از خودش بدش می‌آمد. فکر نگاه کردن به چشم‌های نیمه کورِ پدر، دیوانه‌اش می‌کرد. با چه رویی نگاهش می‌کرد. حتی اگر او خوب نمی‌دیدش ربابه که او را می‌دید. صورتش از اشک ورم کرده بود. هنوز رد انگشتان مرد را روی تنش حس می‌کرد. گلویش از آن همه بغض و فریاد فرو خورده درد می‌کرد و ورم کرده بود.

مرد نبود. رفته بود. شاید همان دیشب رفته بود. ربابه که دیگر چیزی نفهمیده و نیمه جان روی تخت افتاده بود. از سرمای اول صبح کمی به خودش لرزید. روی کشاله‌های رانش خون خشکیده بود. ملافه‌ی نیمه مرطوب تخت را دورش پیچید و با آنچه در توان داشت بلند شد و به طرف دستشویی رفت. آب گرم که روی خون‌های خشکیده ریخت، دوباره تازه‌شان کرد. بوی خون تازه بلند شد. چند بار عق زد. همیشه از دیدن خون حالش به هم می‌خورد. سرش گیج رفت. سعی کرد نگاه‌شان نکند. شسته و نشسته از دستشویی بیرون آمد. لباس‌های خودش را پوشید و بی‌حال پای تخت روی زمین، درازکشید.

خاله رعنا بی‌آنکه در بزند با سینی صبحانه در دست، وارد اتاق شد. با لبخندی گفت «صبح بخیر شازده خانوم، اِ چرا اینجا نشستی؟!»

سینی را روی زمین کنار دست ربابه گذاشت «چون روزِ اوله این طوری تحویلت می‌گیریم، هیچ می‌دونی دیشب از همه نرخت بیشتر بود؟»

بعد انگار تازه متوجه رنگ و روی پریده‌ی ربابه شده باشد گفت «دخترِ بیچاره.» نگاهش روی ملافه‌های کثیف تخت میخ‌کوب شد.

«ببین اون خوک کثیف چی کارکرده؟ بلند شو، برات کاچی درست کردم، پاشو یه لقمه نون بذار دهنت تا از پا در نیومدی، مرتیکه دیشب که رفت نگفت چه حال و روزی داری، فقط گفت خوابی!»

دستش را زیر بازوی ربابه انداخت و نشاندش لبه‌ی تخت. به زور چند قاشق

کاچی به خوردش داد. ربابه حتی درد را در فکش هم حس می‌کرد و خدا را شکر کرد که مایعی که می‌خورد نیاز به جویدن ندارد. خاله رعنا همچنان بالای سرش ایستاده و به روزهایی که از سرگذرانده بود فکر می‌کرد، انگار زخم کهنه‌ای در درونش سر باز کرده بود، خودش را آینه‌ی ربابه می‌دانست ولی چشم‌های ربابه هنوز به روی دنیا و واقعیاتش باز نشده بود. چندین بار پشت دستش را به چین و چروک‌های صورتش کشید، انگار ناله و ندبه‌ی آنها هم درآمده بود و برای روزهایی که ربابه در پیش داشت زاری می‌کردند «وقتی عروسم کردن از تو کوچیک‌تر بودم، تازه دوازده سالم تموم شده بود، شیربهامم بابام دودکرد رفت هوا، سه سال بعدم به جرم نازایی طلاقم دادن، تازه بعد از یک سال که از طلاقم می‌گذشت عادت ماهانه شدم، ای قصه‌ش غصه‌ی درده، راستی فروغ زنگ زد، گفت تا نیم ساعت دیگه میاد دنبالت، همین‌جا بشین آروم صبحونتو بخورا» بعد دست چروکش را روی سر ربابه کشید و از اتاق بیرون رفت.

فروغ که آمد، انگار فرشته‌ی نجاتش آمده است و می‌خواهد از آن بهشت جهنمی نجاتش دهد. نزدیک‌تر آمد صورتش پر از لبخند مصنوعی بود، ربابه را آهسته نیشگون گرفت و گفت « حجله خوش گذشت شیطون؟»

بعد انگار خودش از سؤال خودش جا خورده باشد ادامه داد «سختیش همون دیشب بود. تموم شد. راستی یه خبر خوب، مثل این‌که یارو ازت خوشش اومده.»

با شنیدن این حرف بند دل ربابه پاره شد. اما اشک و بغض مانع حرف زدنش شد.

«یک قرارداد شیش ماهه بسته، برای هفته‌ای یک‌بار، زرین خاتون حسابی راضی بود.»

بعد دست کرد توی کیفش و چند اسکناس درآورد وگذاشت روی پای ربابه «اینم سهم تو از دیشب»

ربابه دستی روی اسکناس‌ها کشید. هیچ‌وقت این همه پول ندیده بود و

نداشت، ولی از آن مرد هم بیزار بود. دلش می‌خواست تمام پول‌ها را ریز ریز کند و پا به فرار بگذارد. اما حالا که تمام دارایی‌ش را به باد داده بود کجا می‌توانست برود؟ فکر کرد شاید دنیای بزرگ‌سالی چیزی جز درد و سختی برای رسیدن به آرزوها نیست و این هم یکی از راه‌هایی‌ست که می‌توان سریع‌تر به آرزوها رسید. پس چیزی نگفت و پول‌ها را در کیفش گذاشت.

فروغ گفت «راستی باید یه اسمم برای خودت انتخاب کنی.»

«اسم؟»

«آره دیگه، با ربابه که نمی‌شه کار کرد، مثلاً چه می‌دونم پریسایی، آفتابی، مهتابی، خورشیدی، سایه‌ای... یه چیزی دیگه.»

ربابه چشمانش را بست و سرش را به دیوار تکیه داد و اجازه داد رویاهای نیمه جان کودکی‌اش در آن هیاهوی تازه رسیده‌ی بزرگ‌سالی کمی جولان دهند. آن‌ها را دید که دارند دست و پا می‌زنند و سعی در غرق نشدن دارند. یاد آن وقت‌ها افتاد که با تکه پارچه‌هایی که از این طرف آن طرف پیدا می‌کرد، برای خودش و سکینه عروسک‌های پارچه‌ای درست می‌کرد و بعد دو تایی، با هم، اسم روی‌شان می‌گذاشتند و می‌شدند مادرشان. فکر کرد شاید اسم عروسکی را که بیشتر از همه سکینه دوستش داشت بگذارد، خوب باشد. حالا که خودش نبود، ربابه گاهی عروسکش را کنارش می‌خواباند و به یاد او تا صبح سر می‌کرد. دلش برای سکینه تنگ می‌شد، اما وقتی فکر می‌کرد از آن همه درد و گرسنگی نجات پیدا کرده، خوش‌حال می‌شد. چیز زیادی از مادرش یادش نبود، فقط همین که فکر می‌کرد مادر و خواهرش الان توی بهشت هستند و درد نمی‌کشند، خوش‌حال می‌شد. چشمانش را باز کرد، فروغ را دید که بالای سرش ایستاده است، انگار خیلی وقت بود که همان طور داشت او را نگاه می‌کرد و نخواسته بود مزاحم افکارش شود. ربابه گفت «ستاره... می‌خوام اسمم ستاره باشه.»

بعد از این همه سال دوباره اسم ستاره را در دهانش چرخاند و مزه‌مزه کرد.

می‌خواست بداند چه حسی نسبت به اسمی که با آن بیشتر از بیست و پنج سال است که زندگی کرده، دارد؟ هیچ معنایی برایش نداشت. برایش غریبه بود. گویی هیچ‌گاه ستاره را نمی‌شناخت و ربابه را گم کرده بود. باران بند آمده و دیگر بارانی نبود تا غبار غم و اندوه خاطرات موذی این سال‌ها را بشوید. بوی گرم و شیرینی توی دماغش پیچید. دور و برش را نگاه کرد. به شیرینی فروشی نزدیک شده بود. یاد شیرینی‌هایی که همیشه کمال برایش می‌خرید افتاد. همیشه بهترین و تازه‌ترین‌شان را می‌خرید. اصلاً شیرینی فقط با وجود کمال شیرین می‌شد. او تنها حس واقعی بود که در زندگیش داشت. بعد از او حتی میل به خوردن شیرینی را از دست داده بود. یادش آمد که مدتی از او بی‌خبر بود، خیلی منتظرش ماند ولی از او خبری نشد تا یک روز که...

گوشی موبایلش چندین بار زنگ خورد. با ناباوری دید شماره‌ی کمال است اما از دستش عصبانی بود و نخواست جواب دهد. خیلی سختی کشیده بود تا بتواند به شرایط جدیدش و نبودن او عادت کند. اما کمال دست بردار نبود. با خودش هنوز درگیر بود که جواب دهد یا نه؟ که دید گوشی را به گوشش چسبانده و صدای کمال در سرش پیچید «ستاره! قطع نکن... فقط ببین چی می‌گم.»

قلبش داغ شد و دوباره یخ بست اما جوابی برایش نداشت. اگر هم داشت بغض آن چنان راه گلویش را بسته بود که نمی‌گذاشت کلامی از دهانش خارج شود «می‌خوام ببینمت، باید خیلی چیزا رو برات بگم.»

ستاره عهدی را که برای ندیدن کمال با خودش بسته بود شکست و ساعتی بعد در راه شرکت کمال بود. ظاهراً شرکت تعطیل بود، هیچ‌کس در اتاق‌ها دیده نمی‌شد. گویا کمال همه را مرخص کرده بود.

با دیدن کمال دوباره چیزی در وجودش زبانه کشید اما نباید می‌گذاشت شعله‌هایش وجودش را به آتش بکشند. کمال لاغرتر شده بود. چانه‌ی کشیده‌اش، کشیده‌تر از قبل و قدش بلندتر از قبل به نظر می‌رسید. خیلی سعی کرد خودش

را بی‌اعتنا نشان دهد. اما این واقعیت هنوز در وجودش بود که هر بار او را می‌دید صورتش باز می‌شد و تمام خوشی‌های دنیا یک جا توی قلبش سرازیر می‌شدند. مثل این‌که نیروی دوباره‌ای می‌گرفت، جوان‌تر می‌شد و خودش را مثل یک ملکه می‌دید.

کمال با تمام مردهایی که تا آن روز دیده بود فرق می‌کرد، یا ستاره این‌طور فکر می‌کرد. او تنهاکسی بود که به ستاره به چشم یک زن نگاه نمی‌کرد و ستاره را به خاطر خودش دوست داشت، حتی وقت‌هایی که ستاره بیمار بود یا حوصله‌ی کسی را نداشت او تنهاکسی بود که با مهربانی بهش سر می‌زد و نگاه شهوت‌آلود به او نداشت. ستاره هم برای کمال یک دوست و رفیق واقعی بود. روزها و شب‌هایی که حال کمال خوب نبود و خانواده‌اش تردش کرده بودند ستاره تنهاکسی بود که کنارش مانده بود و کمکش کرده بود.

ستاره سعی می‌کرد به چشم‌هایش نگاه نکند اما کمال نگاهش را از تک‌تک اجزا صورت ستاره گذراند. انگار دلش برای هر چه که در ستاره وجود داشت و او را ستاره کرده بود تنگ شده بود. چشمان ستاره مثل گوهرهایی بودند که در صورتش می‌درخشیدند و گذشت زمان بر زیبایی‌شان می‌افزود.

کمال دستش را از جیبش در آورد و به طرف ستاره دراز کرد. دستش آشکارا می‌لرزید. ستاره کمی خودش را دور نگه داشت و دستش را جلو آورد. دست یکدیگر را فشردند و در این فشردن کلی حرف نگفته پنهان بود. با همه‌ی شوقی که برای به آغوش کشیدن هم، در دل‌شان بود اما خودداری کردند. فقط خدا می‌دانست چه غوغایی در دل هر دو بر پاست.

ستاره روی یک مبل نزدیک میز کمال نشست اما کمال همچنان ایستاده بود، دوباره دست‌هایش را در جیب‌هایش فرو کرد و شروع به قدم زدن کرد. با وجود این‌که کلی حرف برای گفتن داشت و همه را از قبل آماده کرده بود اما یک‌باره همگی از ذهنش پریدند. دنبال جمله‌ای برای شروع صحبت می‌گشت که ستاره با نگاهی عمیق و شماتت بارش گفت «می‌دونی تو این مدت چقدر اذیت شدم؟»

کمال سر تکان داد و نگاه شرمگینش را از صورت ستاره گرفت «منو ببخش... منم بهتر از تو نبودم... تو نمی‌دونی چی شده بود؟»

«چرا من؟ من که...»

ستاره صحبتش را قطع کرد، کمی به خودش مسلط شد «چرا من که همیشه کنارت بودم نباید بدونم؟»

«تو خودت وقتی دیدی تو خونه نمی‌تونی کمک زیادی بهم بکنی منو بردی مرکز ترک اعتیاد!»

«فکر کردی یادم رفته؟»

«مگه اونا بهت نگفتن چی شده؟»

«اونا فقط گفتن شب قبل حالش بد شده، خانوادش از اینجا بردنش،... بعدم که نه گوشیتو جواب می‌دادی نه ازت خبری شد.»

«من اُوِردوز کرده بودم، بردنم بیمارستان. هیچ اختیاری از خودم نداشتم... بعدم که حالم یه کم بهتر شد، زنم یه لحظه ازکنارم تکون نمی‌خورد... سیم کارتمم دور انداخته بود. مجبور شدم بعد که حالم بهتر شد دوباره بگیرمش.»

«تو نمی‌فهمی که چی به من گذشت، یه دفعه تو زمین فرو شده بودی اینجا هم که هیچکی جواب درست و حسابی‌ای به من نداد.»

«منم بهتر از تو نبودم... حالا خودت چطوری؟ از خودت برام بگو، چی کار می‌کنی؟»

«برام این هشت ماه، هشت سال طول کشید.»

«ستاره! سر قولت که موندی؟»

«بودم... ولی چه انتظاری داری وقتی یه دفه غیبت می‌زنه و هیچ خبری ازت نمی‌شه؟»

«من عمل قلب کردم، دوره‌ی نقاهتم طول کشید.»

«دیگه هیچی مثل قبل نمی‌شه کمال! یادم میاد که قبلاً بهت گفته بودم یه

دوست داشتم اسمش فروغ بود، اون همیشه بهم هشدار می‌داد که دلبسته‌ی کسی نشم... ولی...اشتباه کردم.»

«تو به احساس من به خودت شک داری؟»

«یه واقعیت تو زندگی تو وجود داره، اونم خانوادته، تو نمی‌تونی یکی رو انتخاب کنی.»

«این قدر ظالم نباش.»

«تو دروغ گفتی، گفته بودی زن نداری، گذاشتی عاشقت بشم، بعدم... قالم گذاشتی.»

«می‌دونم که خیلی اشتباه کردم... ولی نمی‌تونستم ازت دل بکنم.»

«بذار از این به بعد فقط دو تا دوست عادی باشیم... خب؟»

هر دو ساکت شدند، بعد از کمی که گذشت، ستاره دوباره گفت «من عهدمو شکستم و به زندگی قبلیم برگشتم، چون...»

«چون چی؟»

«چون شغلم اینه! باید درآمد داشته باشم، بعدم نمی‌تونم بشینم و فقط وقتایی که تو از خانوادت سیر می‌شی و وقت اضافه داری سراغم بیای.»

«پیداکردن کسی که بتونی تو زندگی مدت زیادی بهش عشق بورزی کار آسونی نیست، خرابش نکن.»

«ذره‌ای احساسم نسبت بهت عوض نشده، ولی، فقط می‌خوام یه دوست معمولی باشم و هنوزم هر کمکی از دستم بر بیاد برات می‌کنم، من همیشه گوش شنوای حرفات می‌مونم.»

ستاره این را که گفت، منتظر پاسخ کمال نماند و کیفش را روی شانه‌اش انداخت و به طرف در رفت.

صدای کمال از پشت سرش شنیده شد که گفت «ستاره اینو بدون که من همیشه عاشقت می‌مونم، حتی اگه تو این‌طور بخوای.»

فکر کرد چه‌طور بوی شیرینی می‌تواند خاطره‌ی تلخ یک نفر را این‌قدر در ذهن آدم زنده نگه دارد؟ بوها این بوهای بی‌رحم لعنتی، خاطرات را نبش قبر می‌کنند. حالا کمال چاق‌تر شده بود و موهای سرش یک دست سپید شده بودند. هنوز هم گاهی می‌دیدش اما او دیگر آدم سابق نبود. خیلی بیشتر از قبل به فکر آبرویش بود و به تازگی پدربزرگ شده بود. او برایش فقط یک مشتری بود و بس.

ستاره خودش را بالای پله‌های شیرینی فروشی دید. در را باز کرد و رفت داخل. پسر کم سن و سالی سرش را از پشت یخچال شیشه‌ای بیرون آورد و خوشامد گفت. ستاره بی‌معطلی به سمت یخچالی که داخلش چند کیک با شکل‌های مختلف گذاشته شده بود، رفت. کیک‌هایی با شکل‌های باب اسفنجی، گل، کفش‌دوزک، دایره و قلب. با انگشت اشاره‌اش کیک قلبی را نشان داد و به پسرکه حالا از پشت یخچال بیرون آمده بود و پشت صندوق قرار گرفته بود، گفت «اینو می‌برم، لطفاً.»

پسر با گفتن «چشم.» به طرف یخچالی که ستاره جلویش ایستاده بود، آمد «امر دیگه‌ای هم دارین؟»

ستاره مکثی کرد اما هنوز هیچ جوابی نداده بود که پسر گفت «شمع نمی‌خواین؟»

«شمع... چرا... اوهوم....یک شمع چهار و یک صفر.»

پسرکه حالا کیک را داخل جعبه گذاشته بود و اطرافش را چسب می‌زد، زیر چشمی ستاره را بر انداز کرد. ستاره بی‌اعتنا به نگاه پسر، صورتش را سمت دیگر چرخاند. ضربان نبض در شقیقه‌هایش پیچید. حس کرد در تمام این سال‌ها اولین بار است که با خودش این قدر صادق بوده، کیک و شمع را از دست پسر گرفت. پولش را حساب کرد و بی‌اعتنا به نگاه هوس‌آلود نابالغ پسر از مغازه بیرون رفت.

فروغ همیشه می‌گفت «نکنه به کسی دل ببندی، همین که دل بستی کلکت کنده‌اس، مردا نباید بفهمن دوسشون داری یا ازشون خوشت میاد، این طوری دیگه نمی‌تونی ازشون خوب پول بگیری، فقط یادت باشه وظیفت چیه؟ و اونو درست انجام بده. این شغلته، مراقب باش احساسی رفتار نکنی.»

بارها اتفاق افتاده بود که ناخواسته از کسی خوشش آمده بود اما تا به یاد
حرف‌های فروغ افتاده بود، خودش را جمع و جور کرده بود و از فکر کردن به این
موضوع پرهیز کرده بود. بعد از گذشت چهار سال، کاملاً به یک هنرپیشه تبدیل
شده بود. می‌توانست احساساتش را کنترل کند و در یک چشم به هم زدن احساس
دیگری از خودش نشان دهد. ساعت‌ها در کنار مردها می‌گفت و می‌خندید.
غذاهای خوشمزه در بهترین رستوران‌ها می‌خورد و تفریحاتی که حتی خواب‌شان
را هم نمی‌دید. سفرهای خوب و جاهایی را از نزدیک دیده بود که عکس‌شان را هم
ندیده بود و مدام این جمله‌ی مرلین مونرو را در ذهنش مرور می‌کرد «یک دختر
عاقل می‌بوسد اما عشق بازی نمی‌کند!» ولی همیشه وقتی تنها می‌شد، حس‌های
وحشتناکی سراغش می‌آمدند، یک جایی ته قلبش خالی بود. یک تکه از پازل
وجودش کم بود. فروغ بارها تذکر داده بود سعی نکند از زندگی خصوصی مردها
چیزی بداند. آنها فقط مشتری‌اند می‌آیند و می‌روند اما کنجکاوی نمی‌گذاشت
عاقلانه رفتار کند. دلش می‌خواست قصه‌ی همه را بداند. بارها از زبان مردهای
مختلف شنیده بود که همسران‌شان آن طور که آنها می‌خواهند گوش به فرمان‌شان
نیستند یا وقتی از سرِ کار بر می‌گردند جلوی در به استقبال‌شان نمی‌آیند در عوض
مدام از بچه‌ها شکایت دارند و نق می‌زنند. یکی از مشتری‌هایش همیشه از مذهبی
بودن همسرش شاکی بود و گاهی ستاره را با خودش به مهمانی‌هایی که همسرش
نمی‌آمد، می‌برد. ولی همیشه این سؤال در ذهن ستاره بود که آیا این مردها راست
می‌گویند یا دروغ؟ یکی دیگر یک هفته‌ی تمام به ستاره پول داد تا وقتی با هم
هستند ستاره فقط بگوید «چشم!»

ستاره درک درستی از گفته‌های آنها نداشت، چون هیچگاه زندگی زناشویی را
تجربه نکرده بود اما می‌دانست تمام اینها بهانه است و چیزی که برای خودش
واضح بود؛ این بود که وقت‌هایی را که با مردهای مجرد است بیشتر دوست دارد
و بهتر در نقشش فرو می‌رود و از خودش راضی‌تر است چون یک جور حس مالکیت

نسبت به آنها پیدا می‌کرد که با مردهای دیگر این حس را نداشت. مردهای متأهل مهربان‌تر و دست و دل‌بازتر بودند اما ستاره دوست داشت زودتر پرت‌شان کند بیرون و بگوید «زودتر به خانه‌هایتان برگردید.» به نظرش یک جای کار ایراد داشت. یا اصلاً این نوع بشر بود که ایراد داشت.

تلفن مرد چند بار زنگ خورد. مرد جواب نداد اما انگار آن گوشی از زمانی که ساخته شده بود فقط زنگ خورده بود. در نهایت مرد مجبور شد تلفنش را جواب دهد. صدای زنی که به نظر می‌رسید عصبانی و گریان بود، از آن طرف خط می‌آمد که داد می‌زد و گریه می‌کرد. مرد مجبور شد گوشی را کمی از گوشش با فاصله نگه دارد. اول کمی با عصبانیت با زن صحبت کرد اما بعد از این‌که کمی زن از آن طرف خط صحبت کرد حالت چهره‌ی مرد عوض شد. ستاره بی‌هیچ حرکت و صدایی روی تخت درازکشیده بود و فقط از پشت پلک‌هایش حالات صورت مرد را دنبال می‌کرد و حدس می‌زد الان مرد چه دارد می‌شنود؟

مرد با گفتن «کدوم بیمارستان؟ الان خودمو می‌رسونم.» تلفن را قطع کرد. به ستاره نگاه کرد، حالت صورتش دوباره به حالت قبل برگشته بود و کوچک‌ترین ناراحتی و عصبانیتی در چهره‌اش دیده نمی‌شد. لبخند ساختگی صورتش را پر کرد و نگاه پر از شهوتش را به ستاره دوخت «باید زودتر برم، دخترم تو مدرسه افتاده بی‌هوش شده بردنش بیمارستان، زود باش... تمومش کن.»

ستاره با نگاهی بهت زده که خالی از انزجار هم نبود با یک حرکت شتاب زده از تخت بلند شد «تو باید بری، همین الان!»

مرد متعجب از حرکت ستاره که حالا داشت لباس‌هایش را می‌پوشید گفت «تمومش کن تا برم.»

«نشنیدی چی گفتم؟ پاشو برو.»

بعد مثل این‌که یاد چیزی افتاده باشد به طرف میز آرایشش رفت و اسکناس‌هایی که مرد چند دقیقه قبل آن‌جا گذاشته بود را برداشت و به طرف

مرد پرت کرد. بسته‌ی سیگارش را برداشت و از اتاق بیرون رفت.

هنوز هم بعد از این همه سال یاد آن مرد که می‌افتاد تمام وجودش منزجر می‌شد. یکی از پست‌ترین آدم‌هایی که در زندگی‌اش دیده بود. هیچ‌وقت مادر نشده بود اما خوب می‌توانست درک کند یک زن در اوج لحظات جنسی‌اش، اگر پای فرزندش وسط بیاید، باز هم یک مادر است. هوای سرد را وارد ریه‌هایش کرد. حس عجیبی داشت. حسی که از ساقه‌های پاهایش بالا می‌آمد و به درون دل و روده‌اش و از آنجا به قلبش می‌رسید. حسی که تا آن لحظه نداشت. حس می‌کرد محکم‌تر از قبل به زمین پا می‌گذارد. دیگر آن دختربچه‌ی ترسو و بی‌پناه نیست. دیگر رویاهایش رنگ عوض کرده بودند و شاید می‌خواستند مسیر زندگی‌اش را عوض کنند.

یاد روزی افتاد که صبح از خانه‌ی فروغ به خانه‌ی خودشان برگشت تا به پدر سر بزند...

هر چه به درِ رنگ و رو رفته و پوسیده‌ی اتاق‌شان نزدیک‌تر می‌شد، باور آنچه می‌دید برایش سخت بود. بقچه‌ای که پدر همیشه لباس‌های اضافه‌شان را در آن می‌پیچید با چند کیسه‌ی نایلونی بزرگ که حاوی لباس‌ها و کیف و کفش‌هایی بودند که ستاره در این مدت سه چهار سال برای خودش خریده بود، همگی پشت در اتاق تلنبار شده بودند. پشت درکه رسید، زانوهایش دیگر توان نگه داشتنش را نداشتند. روی کیسه‌ها زانو زد. انگشتانش را روی گونه‌هایش کشید. وحشت تمام وجودش را پر کرده بود. عرق شرم روی پیشانی‌اش نشسته بود.

پسر نوجوان همسایه از اتاق‌شان بیرون آمد و به سمت دستشویی آن طرف حیاط رفت و نگاه سنگینش روی ستاره ماند. ستاره توجهی به او نکرد. در آن لحظه فقط به آنچه بر سرش آمده بود فکر می‌کرد. شرم داشت می‌کشتش، روی در زدن نداشت. صدا در گلویش خفه شده بود. نمی‌توانست به پدر التماس کند که او را داخل راه دهد. اشک‌هایش بی‌اختیار می‌ریختند و سعی می‌کرد هق‌هقش

را بکشد. آن اتفاقی که همیشه از آن می‌ترسید افتاده بود. پدر همه چیز را فهمیده بود. کاش می‌توانست یک‌بار دیگر پدر را بغل کند، پدری که هر چه بود هیچ‌گاه نامهربانی نکرده بود. سرش داد نزده بود و همیشه مراقبش بود. می‌دانست او هم حتماً آن طرف، پشت در نشسته و شاید او هم بی‌صدا اشک می‌ریزد.

دهانش را نزدیک در برد و پیشانی‌اش را به در چسباند. همان‌طورکه اشک‌ها سر می‌خوردند و از نوک بینی‌اش به پایین می‌ریختند، گفت «بابا بذار مراقبت باشم.» انتظار شنیدن صدایی نداشت و صدایی هم نیامد. دلش طاقت نیاورد. دوباره، کمی بلندتر گفت «بابا بذار پیشت بمونم، ما به هم احتیاج داریم.» اما التماس بی‌فایده بود. دیگر هیچ‌وقت صدایی از پدر نشنید. چند بار پیشانی‌اش را به در کوبید. آن شب تا صبح سرش را روی زانوهای فروغ گذاشت. برایش حرف زد و گریه کرد. «شب‌هایی که خوابم نمی‌برد، پدر آهسته کنار گوشم می‌گفت از چیزی نترس راحت بخواب! وقتی خوابت ببره دو تا فرشته از آسمون میان پایین و پیشت تا صبح می‌مونن و مواظبت هستن، ولی فکر می‌کنم حالا خیلی وقته که فرشته‌ها دیگه شب‌ها به زمین نمیان، چون منم دیگه شب‌ها خوب نمی‌خوابم.» فروغ سرش را نوازش کرد، می‌دانست پدرش همه چیزش بود و نمی‌دانست به کسی که همه چیزش را از دست داده چه باید بگوید؟

هشتم

به خودش آمد دید که با مشت گره کرده‌اش به پیشانی‌اش می‌کوبد و بی‌آنکه
ملاحظه کند که در خیابان در حال راه رفتن است، اشک می‌ریزد. مثل این
بود که در روز تولد چهل سالگی‌اش تمام گذشته‌اش یک جا به سراغش آمده
بودند و می‌خواستند از لای منافذ پوستش بیرون بزنند یا دور گردنش پیچیده
و می‌خواستند خفه‌اش بکنند. چیزی روی زمین افتاده و برق می‌زد، در کنده
شده‌ی قوطی بود. بی‌اعتنا از کنارش گذشت.

به خانه که رسید حوصله‌ی غذا درست کردن نداشت. سیبی گاز زد و روی کاناپه،
جلوی تلویزیون دراز کشید. کیک را روی میز جلویش گذاشت. گاهی پلکش را باز
می‌کرد و از پشت جعبه‌ی تلقی نگاهی به کیک قهوه‌ای قلبی شکل می‌انداخت،
یک قلب قهوه‌ای!

غروب بود که پلک‌هایش را باز کرد. کی خوابش برده بود؟ نمی‌دانست. بلند شد و سر جایش نشست و به تمام آنچه آن روز به خاطرش آمده بود فکر کرد. حس تازه و سبکی داشت. انگار تمام آن خاطرات پوسیده را باید یک بار برای همیشه نبش قبر می‌کرد و دور می‌ریخت‌شان. بسته‌ی سیگارش را برداشت و به تراس رفت. آسمان داشت در تاریکی فرو می‌رفت اما گوی درخشان خورشید از پشت ابرهای کدر و خاکستری هنوز هم خودنمایی می‌کرد و یادآور می‌شد، در جایی دیگر در حال طلوعی دوباره است. دیگر از ابرهای سنگین چند ساعت قبل خبری نبود. نباریده رفته بودند. باد سردی به صورتش خورد. گذاشت تا سرما کمی صورتش را نوازش کند. حتی شلاق بزند. کنار دیوار تراس ایستاد و به خیابان و تکاپوی آدم‌های آن پایین خیره شد. شاید باید از آن شهر می‌رفت و همه چیز را از اول شروع می‌کرد. شاید اگر می‌رفت فرشته‌ها دوباره شب‌ها به زمین می‌آمدند و دخترکان بیشتری چشم انتظار فرشته‌ها نمی‌ماندند.

سیگاری آتش زد. چند پک کشید و از آن بالا پرتش کرد پایین، لحظه‌ای بعد، سیگار دیگری روشن کرد آن را هم نصفه کشید و از جایی که ایستاده بود به پایین انداخت و بعدی و بعدی. چند بار پاکت سیگار را تکان داد تا مطمئن شود داخلش سیگاری باقی نمانده، خالی بود.

حالا وقت برگشتن به داخل خانه بود، حتماً خامه‌های کیک در هوای گرم خانه کمی آب شده بود، باید شمع‌های چهل سالگی‌اش را فوت می‌کرد. فردا روز دیگری بود.

پایان

از زمستان ۱۳۹۵ تا زمستان ۱۴۰۱